## Mitch Albom

Mitch Albom est né en 1960 à Philadelphie. Après avoir obtenu un diplôme de sociologie, il poursuit des études de journalisme à l'université de Columbia à New York et devient l'un des principaux journalistes sportifs des États-Unis, travaillant pour la presse, la radio et la télévision.
Dans son ouvrage *La Dernière Leçon* (Robert Laffont, 1998), il retranscrit les conversations qu'il a eues avec Morrie Schwartz, son ancien professeur d'université atteint d'une maladie mortelle. Ce récit, adapté à la télévision en 1999, a remporté quatre Emmy Awards en 2000, et il est resté quatre ans dans la liste des meilleures ventes du *New York Times*. En 2003, *Les cinq personnes que j'ai rencontrées là-haut* (Oh ! Éditions, 2004) est publié aux États-Unis : le succès est immédiat. Le livre, traduit dans 37 pays, s'est vendu à plus de 5 millions d'exemplaires et a fait l'objet d'une adaptation pour la télévision. Après *Pour un jour de plus* (Oh ! Éditions, 2006), lui aussi best-seller international, et *Le vieil homme qui m'a appris la vie* (Oh ! Éditions, 2009), *Le Passeur du temps* a paru en 2012 aux Éditions Kero.
Mitch Albom vit avec son épouse à Franklin dans le Michigan.

# *LE*
# PASSEUR DU TEMPS

DU MÊME AUTEUR

*CHEZ POCKET*

LA DERNIÈRE LEÇON

LES CINQ PERSONNES QUE J'AI RENCONTRÉES LÀ-HAUT

POUR UN JOUR DE PLUS

LE VIEIL HOMME QUI M'A APPRIS LA VIE

LE PASSEUR DU TEMPS

MITCH ALBOM

# *LE*
# PASSEUR DU TEMPS

*Traduction Emmanuel Pailler*

KERO

ISBN : 978-2-266-24311-7

Pocket, ... s'engage
... un éditeur qui s'engage pour la préservation
de son environnement et qui utilise du papier fabriqué
à partir de bois provenant de forêts gérées
de manière responsable.




ISBN : 978-2-266-24311-7

Ce livre sur le temps est dédié à ma femme Janine,
qui donne du sens à chaque minute de ma vie.

# PROLOGUE

# 1

**Un homme est assis, seul dans une caverne.**

Il a les cheveux longs, une barbe qui descend jusqu'aux genoux. Il a le menton posé au creux des mains.

Il ferme les yeux.

Il écoute. Des voix. Des voix sans fin. Elles montent d'un bassin dans le fond de la caverne.

Ce sont les voix des gens sur Terre.

Elles ne veulent qu'une chose.

Le Temps.

**Sarah Lemon est l'une de ces voix.**

C'est une adolescente d'aujourd'hui ; allongée sur son lit, elle contemple une photo sur son téléphone. Un beau garçon aux cheveux couleur café.

Ce soir, elle le verra. Ce soir à huit heures et demie. Elle se répète, palpitante : « Huit heures et demie, huit heures et demie ! » – et elle se demande ce qu'elle portera. Le jean noir ? Le haut sans manches ? Non. Elle déteste ses bras. Pas le haut sans manches.

« Il me faut plus de *temps* », dit-elle.

**Victor Delamonte est l'une de ces voix.**

C'est un homme riche qui a passé quatre-vingts ans. Il est assis dans un cabinet médical, sa femme à ses côtés. Des papiers blancs recouvrent une table d'examen.

Le docteur parle à voix basse : « Nous ne pouvons plus faire grand-chose », dit-il. Des mois de traitement qui n'ont pas marché. Les tumeurs. Les reins.

La femme de Victor veut dire quelque chose, mais les mots s'étranglent dans sa gorge. Comme s'ils partageaient le même larynx, Victor s'éclaircit la voix.

« Ce que Grace veut savoir, c'est… combien de *temps* il me reste. »

**Leurs mots dérivent jusqu'à la caverne lointaine – jusqu'à l'homme barbu que l'on appelle Père Temps.**

On pourrait croire que c'est un mythe, un dessin sur une carte de Nouvel An – immensément vieux, hagard, un sablier à la main, plus âgé que tous les habitants de la planète.

Mais Père Temps est réel. Et, à la vérité, il ne peut pas vieillir. Sous sa barbe broussailleuse et ses cheveux en cascade – signes de vie, non de mort – son corps est mince, sa peau lisse, immunisée contre la force dont il est le maître.

Jadis, avant de courroucer Dieu, il n'était qu'un homme parmi les autres, destiné à mourir une fois ses jours écoulés.

Désormais, son destin est différent : exilé dans cette caverne, il doit écouter toutes les suppliques du monde

– encore quelques minutes, quelques heures, quelques années, encore du *temps*.

Il est ici depuis une éternité. Il a abandonné tout espoir. Mais quelque part, en silence, une horloge tourne pour chacun d'entre nous. Et même pour lui.

Bientôt, Père Temps sera libre.

De retourner sur Terre.

Et d'achever ce qu'il a commencé.

# LE COMMENCEMENT

## 2

**Cette histoire parle du temps et de ce qu'il signifie.**

Et elle commence il y a longtemps, à l'aube de l'histoire humaine, avec un garçon qui gravit une colline en courant, pieds nus. Devant lui, une fille, pieds nus elle aussi. Il essaye de l'attraper. Cela se passe souvent ainsi, entre filles et garçons.

Pour eux, cela se passera toujours ainsi.

**Le garçon s'appelle Dor. La fille Alli.**

À cet âge, ils ont presque la même taille, des voix haut perchées, des cheveux noirs et épais. Leur visage est éclaboussé de boue.

Tout en courant, Alli se retourne vers Dor et sourit. Ce qu'elle ressent, ce sont les premiers émois de l'amour. Elle ramasse un petit caillou et le lance en l'air, dans la direction du garçon.

« Dor ! » crie-t-elle.

**Dor, en courant, compte ses foulées.**

Il est la première personne sur la Terre à tenter... de compter, de créer des nombres. Il a commencé en associant un doigt à l'autre, en donnant à chaque paire un son et une valeur. Bientôt, il a compté tout ce qu'il pouvait.

Dor est un enfant doux et obéissant, mais son esprit va plus loin que ceux des autres autour de lui. Il est différent.

Et, à ce premier chapitre de l'histoire humaine, un enfant différent peut changer le monde.

C'est pour cela que Dieu l'observe.

**« Dor ! » crie Alli.**

Dor lève les yeux et sourit – il sourit toujours à Alli – et le caillou tombe à ses pieds. Il incline la tête et forme une pensée.

« Jettes-en un autre ! »

Alli le lance en l'air. Dor compte sur ses doigts, un son pour un, un son pour deux…

« Aaaaarggh ! »

Un troisième enfant lui saute dessus par-derrière ; Nim, un garçon beaucoup plus grand et plus fort. Le genou posé sur le dos de Dor, il exulte :

« Je suis le roi ! »

Les trois enfants éclatent de rire.

Et se remettent à courir.

**Essayez d'imaginer une vie sans mesure du temps.**

Vous n'y arrivez sans doute pas. Vous connaissez le mois, l'année, le jour de la semaine. Il y a une pendule sur votre mur ou sur le tableau de bord de votre voiture. Vous avez un emploi du temps, un calendrier, une heure pour le dîner ou pour aller au cinéma.

Pourtant, tout autour de vous, la mesure du temps n'existe pas. Les oiseaux ne sont pas en retard. Un chien ne consulte pas sa montre. Le cerf ne s'inquiète pas pour les anniversaires qui passent.

Seul l'homme mesure le temps.

Seul l'homme sonne l'heure.

Et, à cause de cela, l'homme est seul à souffrir d'une crainte paralysante qu'aucune autre créature ne connaît.

La peur de manquer de temps.

## 3

**Sarah Lemon a peur de manquer de temps.**

Elle sort de la douche et calcule. Vingt minutes pour se sécher les cheveux, une demi-heure pour se maquiller, une demi-heure pour s'habiller, quinze minutes pour y aller. *Huit heures et demie, huit heures et demie !*

La porte de la chambre s'ouvre. Sa mère, Lorraine.

« Chérie ?

— Toc-toc, maman !

— D'accord. Toc-toc ! »

Lorraine jette un œil au lit. Elle note les possibilités : deux jeans, trois T-shirts, un polo blanc.

« Où est-ce que tu vas ?

— Nulle part.

— Tu vas retrouver quelqu'un ?

— Non.

— Le blanc te va bien…

— Maman ! »

Lorraine pousse un soupir. Elle ramasse par terre une serviette humide et s'en va.

Sarah retourne à son miroir. Elle pense au garçon. Elle se pince le gras à la taille. Beurk.

*Huit heures et demie, huit heures et demie !*
Pas question de mettre le polo blanc.

**Victor Delamonte a peur de manquer de temps.**

Grace et lui sortent de l'ascenseur qui mène à leur appartement au sommet de l'immeuble. « Donne-moi ton manteau », dit Grace. Elle le range dans le placard.

Tout est calme. Victor marche dans le couloir en s'aidant d'une canne, il passe devant une grande peinture à l'huile, œuvre d'un maître français. Une douleur lancinante parcourt son abdomen. Il devrait prendre un comprimé. Il entre dans son bureau, rempli de livres et de plaques commémoratives, avec une grande table d'acajou.

Victor pense au médecin. *Nous ne pouvons plus faire grand-chose*. Qu'est-ce que cela veut dire ? Quelques mois ? Quelques semaines ? Est-ce sa fin ? Ce ne peut pas être sa fin.

Il entend les talons de Grace sur le carrelage. Il l'entend composer un numéro au téléphone. « Ruth, c'est moi… » dit-elle. Ruth, sa sœur.

Grace baisse la voix.

Seul dans son fauteuil, Victor fait le compte de sa vie déclinante. Il sent sa poitrine expulser l'air brutalement, comme si quelqu'un l'étranglait. Ses traits se déforment. Ses yeux s'emplissent de larmes.

*Nous ne pouvons plus faire grand-chose.*

# 4

**En grandissant, les enfants gravitent vers leur destin.**

Comme Dor, Nim et Alli, les trois enfants sur la colline.

**Nim grandit, ses épaules s'élargirent.**

Il portait des briques de boue pour son père, un bâtisseur. Il aimait être plus fort que les autres garçons. Pour Nim, la puissance devint une fascination.

**Alli devint plus belle.**

Et sa mère lui dit de tresser ses cheveux noirs et de baisser les yeux, de crainte que sa beauté n'encourage les désirs coupables des hommes. L'humilité devint le cocon d'Alli.

**Et Dor ?**

Eh bien, Dor devint un mesureur de choses. Il marquait les pierres, il mettait des encoches sur les bâtons, il classait des brindilles, des cailloux, tout ce qu'il pouvait compter. Il était souvent rêveur, à penser aux nombres, et ses frères aînés le laissaient quand ils partaient à la chasse.

Dor préférait gravir les collines en compagnie d'Alli ; son esprit courait devant lui et lui faisait signe de le suivre.

**Soudain, par une chaude matinée, une chose étrange se produisit.**

Dor, qui avait désormais une douzaine de nos années, était assis sur le sol et y enfonçait un bâton. Le soleil était fort et il remarqua l'ombre de ce bâton.

Il posa une pierre au bout de l'ombre et se mit à chantonner. Il pensa à Alli. Ils étaient amis depuis l'enfance, mais il était plus grand désormais et elle était plus *tendre*, et il sentait une faiblesse le prendre quand elle le regardait. Il avait l'impression de perdre l'équilibre.

Une mouche passa en bourdonnant, interrompant sa rêverie. « Aaahh », grogna-t-il, en l'écartant de la main. Quand il se retourna vers le bâton, il vit que son ombre ne touchait plus la pierre.

Dor attendit, mais l'ombre se fit encore plus petite, parce que le soleil montait dans le ciel. Dor décida de tout laisser en place et de revenir le lendemain. Et le lendemain, au moment où le soleil projetterait une ombre à l'endroit précis de la pierre, ce moment serait… *le même qu'aujourd'hui*.

En fait, raisonna Dor, ce moment ne se reproduirait-il pas chaque jour ? Le moment où l'ombre, la pierre et le bâton étaient alignés ?

Il l'appellerait le moment d'Alli, et il penserait à elle tous les jours, lors de cette conjonction.

Dor se tapota le front, fier de lui.

Ainsi l'homme commença-t-il à marquer le temps.

**La mouche revint.**

Dor l'écarta encore. Mais cette fois, elle s'étira en une longue bande noire, qui s'ouvrit sur une poche d'obscurité.

Un vieil homme en sortit, drapé dans une longue robe blanche.

Dor écarquilla les yeux, effrayé. Il voulut courir, hurler, mais son corps ne répondait pas.

Le vieil homme tenait un bâton de bois doré. Il toucha le bâton soleil de Dor et il s'éleva du sol, se transformant en un nuage de guêpes. Les guêpes créèrent une nouvelle bande de ténèbres, qui s'ouvrit comme un rideau.

Le vieil homme y entra.

Et disparut.

**Dor s'enfuit.**

Il ne parla à personne de cette rencontre.

Pas même à Alli.

Jusqu'à la fin.

## 5

**Sarah trouve le temps dans un tiroir.**

Elle l'ouvre, à la recherche de son jean noir, mais y découvre, enfouie, sa première montre – une Swatch mauve, avec un bracelet plastique. Ses parents la lui avaient offerte pour son douzième anniversaire.

Deux mois plus tard, ils divorçaient.

« Sarah ! » crie sa mère en bas.

— *Quoi ?* » répond-elle sur le même ton.

Après la séparation, Sarah était restée chez Lorraine, qui rendait Tom, son ex-mari absent, responsable de tous leurs problèmes. Sarah lui prêtait une oreille compréhensive. Pourtant, chacune à sa manière, elles attendaient toujours le retour de cet homme : Lorraine pour qu'il reconnaisse ses torts, et Sarah pour qu'il vienne la sauver. Rien de cela ne s'était passé.

« *Quoi*, maman ? crie encore Sarah.

— Tu as besoin de la voiture ?

— Je n'en ai pas besoin.

— Quoi ?

— Je n'en ai pas besoin !

— Où est-ce que tu vas ?

— Nulle part ! »

Sarah jette un œil à la montre mauve, qui marche toujours : il est 6 h 59.

*Huit heures et demie, huit heures et demie !*

Elle referme le tiroir et s'écrie : « Concentre-toi ! »

Où est son jean noir ?

**Victor trouve le temps dans un tiroir.**

Il sort son agenda. Il consulte le programme du lendemain : un conseil d'administration à 10 heures, une conférence téléphonique avec des analystes financiers à 14 heures et un dîner à 20 heures, avec un P-DG brésilien dont Victor rachète l'entreprise. Étant donné comment il se sent, il aura de la chance s'il supporte une seule de ces réunions.

Victor avale un comprimé. Une sonnette retentit. Qui vient à cette heure ? Il entend Grace dans le couloir. Il voit leur photo de mariage sur son bureau, tous deux si jeunes et bien portants, pas de tumeurs, pas de reins défaillants.

« Victor ? »

Grace est au seuil du bureau, avec un employé qui pousse un grand fauteuil roulant électrique.

« Qu'est-ce que c'est ? demanda Victor.

— Nous avons pris la décision, tu te souviens ? dit Grace avec un sourire forcé.

— Je n'en ai pas besoin.

— Victor…

— Je n'en ai pas besoin ! »

Grace lève les yeux au ciel.

« Laissez-le ici, dit-elle à l'employé.

— Dans le couloir, ordonne Victor.

— Dans le couloir », répète Grace.

Ils sortent.

Victor ferme l'agenda et se masse le ventre. Il repense à ce qu'a dit le médecin.

*Nous ne pouvons plus faire grand-chose.*

Il faut qu'il fasse *quelque chose.*

# 6

**Dor et Alli se marièrent.**

Ils se tenaient devant un autel par une douce nuit d'automne. Des cadeaux furent échangés. Alli portait un voile. Dor lui versa du parfum sur la tête et déclara : « Elle est ma femme, je déverserai l'or et l'argent sur ses genoux. » Telle était la coutume en ce temps.

En prononçant ces mots, Dor éprouva une sensation de chaleur et d'apaisement – « Elle est ma femme » – parce que Alli était le ciel pour lui, depuis leur plus tendre enfance, elle avait toujours été là. Seule Alli pouvait le distraire de ses comptes. Seule Alli pouvait lui apporter de l'eau de la grande rivière et s'asseoir à ses côtés en chantant une douce mélodie, et il buvait sans même se rendre compte du temps qu'il avait passé dans ses pensées.

Et voilà qu'ils étaient mariés. Dor en était heureux. Cette nuit-là, il observa un quartier de lune derrière les nuages, et s'en servit pour marquer ce moment, la lumière de la nuit où ils se marièrent.

**Dor et Alli eurent trois enfants.**

Un fils, puis une fille, puis une autre fille. Ils vivaient avec la famille de Dor dans la maison de son père, près de trois autres maisons en torchis. En ce temps-là, les familles vivaient ensemble – parents, enfants et petits-enfants – sous le même toit. Seul un fils devenu riche pouvait emménager dans sa propre maison.

**Dor ne deviendrait jamais riche.**

Il ne déverserait jamais d'or et d'argent sur les genoux d'Alli. Tout le bétail – chèvres, moutons et bœufs – appartenait aux frères ou au père de Dor, qui lui reprochaient souvent de perdre son temps avec ses mesures idiotes. Sa mère pleurait quand elle le voyait penché sur son travail. Elle croyait que les dieux l'avaient fait infirme.

« Pourquoi ne peux-tu ressembler davantage à Nim ? » demandait-elle.

**Nim était devenu un puissant roi.**

Il possédait de grandes richesses et de nombreux esclaves. Il avait commencé la construction d'une tour gigantesque et, certains matins, Dor et Alli passaient par là avec leurs enfants.

« Tu as vraiment joué avec lui quand tu étais petit ? » lui demanda son fils.

Dor opina. Alli prit le bras de son mari.

« Ton père était meilleur coureur et meilleur grimpeur. »

Dor sourit :

« Ta mère courait encore mieux que nous. »

Les enfants rirent en se prenant dans les jambes d'Alli.

« Si votre père le dit, ce doit être vrai. »

Dor compta les esclaves qui travaillaient à la tour de Nim, il les compta jusqu'à ne plus avoir de nombres. Il réfléchissait au tour différent qu'avaient pris la vie de Nim et la sienne.

Plus tard, Dor grava des entailles sur une tablette d'argile pour noter le trajet du soleil dans le ciel. Les enfants voulurent jouer avec ses outils, mais Alli les écarta doucement en leur embrassant les doigts.

**L'Histoire ne le dit pas,**

mais en vieillissant, Dor s'intéressa à toutes les formes de mesure du temps que la science attribuerait à d'autres.

Bien avant les obélisques égyptiens, Dor mesurait les ombres. Bien avant les clepsydres grecques, Dor mesurait l'eau.

Il inventerait le premier cadran solaire. Il créerait la première horloge, et même le premier calendrier.

En avance sur son temps. C'est une expression que nous utilisons.

Dor était en avance sur tout le monde.

**Si l'on pense au mot « temps ».**

Nous l'utilisons dans tellement d'expressions : Passer le temps. Gâcher son temps. Tuer le temps. Perdre son temps.

Il était temps. Prends ton temps. Gagne du temps.

Il y a longtemps. Il n'est plus temps. Arriver à

temps. Laisser filer le temps. Avoir tout son temps. Garder du temps.

Il y a autant d'expressions comprenant le mot « temps » qu'il y a de minutes dans une journée.

Mais jadis, rien de cela n'existait. Parce que personne ne comptait.

Dor commença alors.

Et tout changea.

## 7

**Un jour, alors que ses enfants étaient assez grands pour courir seul dans les collines, Dor reçut une visite du roi Nim, son ami d'enfance.**

« Qu'est-ce que c'est ? » demanda Nim.

Il tenait un bol à la main, avec un petit trou percé au fond.

« Une mesure », répondit Dor.

Nim se mit à rire :

« Non, Dor. C'est un bol qui ne sert à rien. Regarde ce trou. Si tu y mets de l'eau, tout coulera. »

Dor ne répliqua pas. Comment l'aurait-il pu, lui qui passait ses journées avec ses os et ses bâtons, tandis que Nim menait des raids sur les villages voisins, raflait leurs possessions et déclarait qu'ils devaient le suivre ?

Cette visite était inhabituelle ; c'était la première depuis bien des lunes. Nim portait une robe de laine impressionnante, teinte d'une couleur cramoisie, la couleur de la richesse.

« Tu vois la tour que nous construisons ? demanda Nim.

— Je n'en avais jamais vu de telle, répondit Dor.

— Ce n'est que le début, mon ami. Elle nous mènera jusqu'aux cieux.

— Pourquoi ?

— Pour vaincre les dieux.

— Les vaincre ?

— Oui.

— Et ensuite ? »

Nim bomba le torse :

« Alors, je régnerai d'en haut. »

Dor détourna les yeux.

« Viens avec moi, dit Nim.

— Moi ?

— Tu es doué. Je le sais depuis notre enfance. Tu n'es pas fou comme le disent les autres. Avec tes connaissances et ces… objets… »

Nim désigna les instruments.

« Ils pourraient rendre ma tour plus puissante, n'est-ce pas ? »

Dor haussa les épaules.

« Montre-moi comment ils marchent. »

**Dor expliqua ses idées tout le reste de l'après-midi.**

Il montra à Nim comment l'ombre du bâton soleil s'alignait sur ses repères, et comment le jour se divisait en parties. Il exposa sa collection de pierres qui suivaient les phases de la Lune.

Nim ne comprenait guère ce que Dor disait. Il secouait la tête, répétant que les divinités du Soleil et de la Lune était en guerre constante, ce qui expliquait leur ascension et leur déclin. Le pouvoir était ce qui importait. Et le pouvoir, c'était ce qui l'attendait, une fois la tour terminée.

Dor l'écoutait, mais il ne voyait pas Nim prenant d'assaut les nuages. Quelle chance aurait-il de vaincre ?

Une fois la conversation terminée, Nim saisit l'un des bâtons soleil.

« Je vais emporter celui-là, dit-il.

— Attends… »

Nim le plaqua contre son torse.

« Fais-en un autre. Apporte-le quand tu viendras aider à la tour. »

Dor baissa les yeux.

« Je ne peux pas t'aider. »

Nim serra les mâchoires.

« Pourquoi ?

— J'ai mon travail. »

Nim se mit à rire :

« Percer des trous dans des bols ?

— C'est plus que cela.

— Je ne te le demanderai pas une seconde fois. »

Dor ne répondit rien.

« À ta guise », soupira Nim. Il s'arrêta sur le seuil : « Mais tu dois partir de la cité.

— Partir ?

— Oui.

— Où ça ?

— Cela ne me concerne pas, répondit Nim en examinant les entailles sur le bâton soleil. Mais pars loin. Sinon, mes hommes te forceront à travailler sur la tour – comme ils le feront pour les autres. »

Nim s'approcha des bols et en souleva un avec un petit trou. Il le retourna, hochant tristement la tête.

« Je n'oublierai jamais notre enfance, dit Nim. Mais nous ne nous reverrons plus jamais. »

## 8

**Sarah Lemon n'a plus le temps.**

Il est 7 h 25 et son jean noir – qu'elle a finalement retrouvé dans la machine à laver – tourne dans le sèche-linge poussé au maximum ; les cheveux de Sarah sont en bataille, à tel point qu'elle a envie de les couper. Sa mère est revenue la voir deux fois, la dernière avec un verre de vin, en lui donnant son avis sur son maquillage. (« C'est bon, m'man, j'ai compris », a-t-elle dit en la renvoyant.) Sarah a choisi un T-shirt framboise, le jean noir – *si jamais il finit par sécher !* – et ses bottes noires à talons. Ses talons lui affineront la silhouette.

Elle doit retrouver le garçon devant une supérette – *Huit heures et demie, huit heures et demie !* – et peut-être qu'ils iront dîner ou qu'ils iront quelque part. Tout ce qu'il voudra. Jusqu'à présent, ils ne s'étaient vus que le samedi matin, à un centre d'aide sociale où ils travaillaient. Mais Sarah avait fait plusieurs allusions à un rendez-vous et, la semaine dernière, il avait enfin dit : « Ouais, d'accord, vendredi peut-être. »

C'est vendredi et Sarah a la chair de poule. Elle

n'avait jamais reçu l'attention d'un garçon comme ça, mignon et apprécié. Quand elle est avec lui, elle veut que les minutes s'écoulent lentement, et pourtant, jusqu'à ce qu'elle le voie, elles ne passent jamais assez vite.

Elle se regarde dans la glace.

« Aah, ces cheveux ! »

**Victor Delamonte n'a plus le temps.**

Il est 7 h 25. Les bureaux de la côte Est seront fermés, mais pas ceux de la côte Ouest.

Il décroche son téléphone et compose un numéro ; c'est un fuseau horaire différent. Il demande le service Recherches. Il patiente en contemplant les livres sur ses étagères, en dressant un inventaire silencieux : *Lu. Jamais lu. Jamais lu…*

S'il utilisait chaque minute que les médecins lui accordent, il ne pourrait de toute façon pas lire tous ces ouvrages. Et il ne s'agit que d'une seule pièce. Dans une seule maison. Inacceptable. Il est riche. Il doit faire quelque chose.

« Service Recherches, annonce une voix féminine.

— Oui. C'est Victor.

— M. Delamonte ? demande la voix nerveusement. Que puis-je faire pour vous ? »

Victor pense à Grace et au fauteuil roulant qu'elle a commandé. Il n'abandonnera pas si facilement.

« Je veux que vous étudiiez quelque chose tout de suite. Envoyez-moi tout ce que vous trouverez.

— Bien sûr, répond la documentaliste en pianotant sur son clavier. Quel est le sujet ?

— L'immortalité. »

## 9

**Cette nuit-là, après la visite de Nim, Dor et Alli grimpèrent sur une colline pour regarder le coucher de soleil.**

Ils le faisaient presque tous les soirs, en se rappelant les jours où ils se poursuivaient, enfants. Mais cette fois, Dor restait silencieux. Il portait plusieurs bols et une cruche d'eau. Une fois assis, il parla à Alli de la visite de Nim. Elle se mit à pleurer.

« Mais où irons-nous ? dit-elle. C'est ici notre foyer, notre famille. Comment survivrons-nous ? »

Dor baissa les yeux.

« Tu veux que je sois esclave sur cette tour ?

— Non.

— Alors nous n'avons pas le choix. »

Du bout des doigts, il essuya ses larmes.

« J'ai peur », murmura-t-elle.

Elle le prit dans ses bras et posa la tête sur son épaule, comme elle le faisait tous les soirs. Et, comme tous les petits gestes d'amour, c'était très puissant. Dor sentait un grand calme l'envahir chaque fois qu'elle le tenait ainsi, comme s'il était enroulé dans une couverture, et il savait que personne d'autre ne l'aimerait ou ne le comprendrait comme elle. Il enfouit son visage dans ses longs cheveux noirs et respira comme il ne respirait jamais, sauf quand il était avec elle.

« Je te protégerai », promit-il.

**Ils restèrent assis un long moment, à regarder l'horizon.**

« Regarde », chuchota Alli. Elle adorait les couleurs du coucher de soleil – les orange, les roses doux, les rouges vifs.

Dor se leva.

« Où vas-tu ? demanda Alli.

— Je dois essayer quelque chose.

— Reste avec moi. »

Mais Dor se dirigea vers les rochers. Il versa de l'eau dans un petit bol, puis disposa un récipient plus grand en dessous. Il ôta un bouchon d'argile inséré dans le récipient du dessus – celui dont Nim s'était moqué – et l'eau commença à goutter, en une suite d'éclaboussures silencieuses.

« Dor ? » murmura Alli.

Il ne leva pas les yeux.

« Dor ? »

Elle se recroquevilla. Qu'allaient-ils devenir ? se demanda-t-elle. Où iraient-ils ? Elle baissa la tête et ferma les yeux.

Si l'on écrivait l'histoire, on pourrait écrire qu'au moment où l'homme inventa la première horloge du monde, sa femme était seule, pleurant en silence, tandis qu'il était subjugué par le décompte.

**Cette nuit-là, Dor et Alli restèrent sur la colline.**

Elle dormit – mais lui dut lutter contre la fatigue pour rester éveillé jusqu'au lever du soleil. Il contempla le changement dans le ciel, quand le noir de la nuit devint d'un violet profond, puis d'un bleu délavé. Soudain, une explosion de rayons blanchit l'univers, tandis que le dôme du soleil apparaissait à l'horizon, comme la pupille dorée d'un œil qui s'ouvrait.

Si Dor avait été plus sage, il se serait émerveillé de la beauté de l'aube et aurait rendu grâce d'assister à ce spectacle. Mais Dor ne s'intéressait pas au miracle du jour, seulement à la mesure de sa durée. À l'apparition du soleil, il écarta le bol du dessous, prit une pierre aiguisée et marqua le niveau de l'eau.

Ceci, conclut-il – cette quantité d'eau – était la mesure entre l'obscurité et la lumière. Désormais, nul besoin de prier pour le retour du dieu Soleil. On pouvait utiliser cette horloge à eau, voir son niveau monter, et savoir quand l'aube viendrait. Nim se trompait. Il n'y avait pas de bataille divine entre le jour et la nuit. Dor les avait tous deux capturés dans un bol.

Il jeta l'eau.

Dieu vit cela, aussi.

## 10

**Sarah est anxieuse.**

Elle dévale l'escalier dans son jean encore chaud. Elle sent une vague de panique monter en elle. Elle se rappelle une soirée d'il y a deux ans, l'une des rares fois où elle est sortie avec un garçon. C'était un bal d'hiver au lycée. Un type de sa classe de maths. Il avait les mains moites et son haleine sentait le bretzel. Il était parti avec ses amis. Elle avait dû appeler sa mère pour qu'elle vienne la chercher.

Celui-ci, c'est différent, se dit-elle. L'autre était un garçon bizarre ; celui-ci est un jeune homme. Il a dix-huit ans. Il a du succès. Toutes les filles le voudraient, au lycée. *Regarde sa photo !* Et c'est avec *elle* qu'il a rendez-vous !

« À quelle heure rentres-tu ? demande Lorraine en levant les yeux du canapé, son verre de vin presque vide.

— C'est vendredi, maman.

— C'est juste une question.

— Je ne sais pas, OK ? »

Lorraine se masse les tempes.

« Ce n'est pas moi l'ennemi, ma chérie.
— J'ai jamais dit ça. »

Elle regarde son téléphone. Impossible d'être en retard.

*Huit heures et demie ! Huit heures et demie !*

Elle arrache son manteau du placard.

**Victor est anxieux.**

Il pianote sur son bureau, en attendant l'appel du service Recherches. Il entend la voix de Grace dans l'intercom.

« Chéri ? Tu as faim ?
— Un peu, peut-être.
— Tu veux de la soupe ? »

Victor regarde par la fenêtre. Cet appartement new-yorkais est l'une de ses cinq demeures. Les quatre autres sont en Californie, à Hawaï, dans les Hampton et dans le centre de Londres. Depuis que son cancer a été diagnostiqué, il n'en a revu aucune.

« La soupe, ça va.
— Je te l'apporte.
— Merci. »

Grace est plus gentille depuis sa maladie, plus douce et plus patiente. Ils sont mariés depuis quarante-quatre ans. Ces dix dernières années, ils ont surtout vécu côte à côte.

Victor décroche le téléphone pour voir où en est le service Recherches – mais il raccroche lorsque Grace entre avec la soupe.

## 11

**Dor et Alli chargèrent leurs maigres possessions sur un âne et partirent vivre dans les hautes plaines.**

Leurs enfants, fut-il décidé, seraient plus en sécurité avec les parents de Dor. Alli en eut le cœur brisé. Par deux fois, elle demanda à Dor de faire demi-tour, rien que pour les serrer encore dans ses bras. Quand l'aînée de leurs filles demanda : « Je suis la maman, maintenant ? » Alli s'effondra en sanglots.

Leur nouvelle demeure était petite, faite de roseaux. Une faible protection contre le vent et la pluie. Seuls, sans famille, les deux époux ne pouvaient que compter l'un sur l'autre. Ils firent pousser ce qu'ils purent, élevèrent des moutons et une chèvre, se rationnant l'eau tirée grâce à de longues expéditions à la rivière.

Dor continuait ses mesures, utilisant des os, des bâtons, le Soleil, la Lune et les étoiles. C'était la seule occupation qui lui donnait l'impression d'être utile. Alli se mura dans le silence. Une nuit, Dor la vit étreindre la couverture qui emmaillotait leur fils, le regard fixé au sol.

De temps en temps, le père de Dor leur apportait

de la nourriture – sur l'insistance de sa femme – et, à chaque visite, il parlait de la tour de Nim, de la hauteur qu'elle avait atteinte, de ses briques de sapin, du mortier d'argile qui venait des fontaines de Shinar.

Nim était déjà monté au sommet, avait tiré une flèche dans le ciel et avait prétendu que sa pointe était ensanglantée lorsqu'elle était redescendue. Le peuple s'inclinait devant lui, croyant qu'il avait blessé les dieux. Bientôt, Nim et ses meilleurs guerriers atteindraient les nuages, vaincraient ceux qui les y attendaient, et régneraient d'en haut.

« C'est un grand et puissant roi », dit le père de Dor.

Dor baissa la tête. C'était à cause de Nim qu'ils vivaient en exil. C'était à cause de lui qu'il ne pouvait embrasser ses enfants chaque matin. Il pensa à son enfance, à Nim, Alli et lui qui couraient dans les collines. À ses yeux, Nim n'était qu'un homme comme les autres, encore un petit garçon plutôt, qui voulait toujours être le plus fort.

« Merci pour la nourriture, Père », dit Dor.

# 12

**« Dor. Des visiteurs. »**

Alli se leva. Un couple âgé approchait. Ils allaient à pied. Bien des lunes s'étaient écoulées depuis l'exil de Dor – plus de trois ans de notre calendrier – et Alli était toujours heureuse d'avoir de la compagnie. Elle souhaita la bienvenue à l'homme et à la femme et leur offrit de la nourriture et de l'eau, même s'ils n'avaient guère de restes.

Dor était fier de la bonté de sa femme, mais il s'inquiétait pour ses visiteurs qui ne semblaient pas aller bien. Ils avaient les yeux rouges et larmoyants, la peau marbrée de noir. Quand il fut seul avec Alli, il la mit en garde :

« Ne les touche pas. Je crains qu'ils ne soient malades.

— Ils sont seuls et pauvres, protesta-t-elle. Ils n'ont personne d'autre. Témoigne-leur la miséricorde que tu voudrais que l'on te témoigne. »

Alli servit aux visiteurs des gâteaux et des pâtes à l'orge, avec le peu de lait de chèvre qu'ils avaient. Elle les écouta raconter leur histoire. Eux aussi avaient été chassés de leur village ; les habitants craignaient que les taches sombres ne soient une malédiction. Ils vivaient désormais en nomades, dans une tente en peau de chèvre. Ils se déplaçaient en quête de nourriture et attendaient le jour de leur mort.

La vieille femme pleura en disant ces mots. Alli pleura avec elle. Elle savait ce que c'était que de perdre sa place dans le monde. Elle tendit le petit bol à la vieille femme.

« Merci, murmura-t-elle.

— Buvez, dit Alli.

— Votre bonté… »

Elle tendit les bras pour étreindre Alli, ses mains ridées tremblantes.

Alli se pencha et lui effleura la joue. Elle sentit les larmes de la vieille femme qui se mêlaient aux siennes.

« Soyez en paix », dit Alli.

Lorsqu'ils partirent, Alli glissa à la femme un sac rempli de leur dernier gâteau à l'orge. Dor consulta son horloge à eau et vit qu'il restait la longueur d'un ongle avant la disparition du soleil.

## 13

**Avant de mesurer les années, on mesure les jours.**

Et avant les jours, on mesure la Lune. C'est ce que Dor avait fait en exil, notant ses phases – pleine Lune, demi-Lune, premier ou dernier quartier, nouvelle Lune. Contrairement au Soleil, qui restait le même tous les jours, les phases de la Lune donnaient à Dor quelque chose à compter, et il perça des trous dans des tablettes d'argile jusqu'à ce qu'il remarque un rythme. Ce rythme était ce que les Grecs appelleraient plus tard des « mois ».

Dor marqua d'une pierre chaque pleine Lune. Pour les Lunes intermédiaires, il prit des tablettes gravées d'entailles. Il créa le premier calendrier.

Et désormais, ses jours étaient comptés.

**À la cinquième marque de la troisième pierre, il entendit Alli tousser.**

Bientôt, sa toux s'aggrava – une convulsion qui projetait sa tête en avant.

Au début, Alli essaya de faire comme si de rien n'était, vaquant aux tâches quotidiennes dans leur maison de roseaux. Mais elle s'affaiblit tellement qu'elle s'effondra, un jour où elle préparait un repas, et Dor insista pour qu'elle s'allonge sur une couverture. La transpiration perlait à ses tempes, ses yeux étaient rouges et pleins de larmes. Dor remarqua une tache sur son cou.

Une colère silencieuse le prit. Il l'avait prévenue de ne pas toucher les visiteurs, et voilà qu'ils lui avaient transmis leur maladie. Il aurait voulu qu'ils ne soient jamais venus.

« Que faire ? » demanda Alli.

Dor lui tapota le front avec la couverture. Il savait qu'il fallait chercher Asu, un homme médecine, qui donnerait à Alli des racines ou une pommade pour faire partir la maladie. Mais la cité était trop loin. Comment pouvait-il l'abandonner ? Ils étaient seuls dans ces hautes plaines, ils n'avaient aucun choix.

« Dors, murmura Dor. Tu iras mieux bientôt.

— Oui », dit Alli, et elle ferma les yeux.

Elle ne vit pas Dor essuyer ses larmes.

## 14

**Sarah parle au Temps. « Ralentis », dit-elle.**

Elle se glisse au-dehors et s'en va dans la rue. Elle imagine le garçon aux cheveux couleur café. Elle s'imagine qu'il arrive à sa rencontre et l'embrasse soudain passionnément.

Elle regarde derrière elle et voit une lumière s'allumer dans la chambre de sa mère. Elle presse le pas. Sa mère est tout à fait capable d'ouvrir la fenêtre et de l'appeler à l'autre bout de la rue. Comme bien des adolescentes, Sarah est très gênée par sa mère. Elle parle trop. Elle se maquille trop. Elle corrige Sarah sans arrêt – *Tiens-toi droite, coiffe-toi* – quand elle ne se plaint pas à ses amies du père de Sarah, qui ne vit même plus dans leur région. *Tom a fait ci. Tom a oublié ça. Tom est encore en retard pour la pension.* Elles étaient proches, mais depuis quelque temps, la mère et la fille ressentent une incompréhension mutuelle. Sarah ne parle pas des garçons avec Lorraine – de toute façon, il n'y a pas grand-chose à dire jusqu'à maintenant.

*Huit heures et demie, huit heures et demie !*

Elle entend une sonnerie. Son portable.
Elle le prend dans sa poche.

**Victor parle au Temps. « Va plus vite », dit-il.**

Cela fait une heure, et il est habitué aux réponses rapides. Pour aggraver les choses, il entend littéralement le tic-tac du temps tout autour de lui. Une pendulette est posée sur son bureau. L'écran de son ordinateur égrène les secondes. Son téléphone portable, son téléphone de bureau, son imprimante et son lecteur de DVD indiquent tous l'heure. Sur le mur se trouve une plaque en bois avec trois pendules pour trois fuseaux horaires – New York, Londres et Pékin – représentant les sièges principaux de ses sociétés.

Au total, il y a neuf sources de temps différentes dans son bureau.

Le téléphone sonne. Enfin. Il décroche.

« Oui ?

— Je vous faxe ce que j'ai trouvé.

— Bien. »

Il raccroche. Grace entre.

« Qui était-ce ? »

Il ment :

« Quelqu'un, pour la réunion de demain.

— Tu dois y aller ?

— Pourquoi pas ?

— Je me disais juste que… »

Elle s'arrête. Elle acquiesce. Elle rapporte les assiettes à la cuisine.

Le fax sonne, et Victor prend le papier qui en sort.

# 15

**Dor était allongé sur le sol, à côté de sa femme. Les étoiles s'emparaient du ciel.**

Alli n'avait pas mangé depuis plusieurs jours. Elle transpirait abondamment, et il s'inquiétait de l'entendre respirer avec difficulté.

*Ne m'abandonne pas, je t'en prie*, pensa-t-il. Il ne supporterait pas un monde sans Alli. Il se rendait compte à quel point il dépendait d'elle, du matin au soir. Elle était sa seule conversation. Son seul sourire. Elle apportait leur maigre nourriture et la lui offrait toujours en premier, même s'il insistait pour qu'elle mange avant lui. Ils contemplaient le coucher du soleil, serrés l'un contre l'autre. Quand il la tenait dans ses bras pendant son sommeil, il avait l'impression que c'était son dernier lien avec l'humanité.

Il avait ses mesures du temps, et il l'avait, elle. C'était sa vie. D'aussi loin qu'il se souvienne, cela avait été toujours ainsi ; Dor et Alli, même enfants.

« Je ne veux pas mourir, chuchota-t-elle.

— Tu ne mourras pas.

— Je veux rester avec toi.
— Tu es avec moi. »
Elle toussa, crachant du sang. Il l'essuya.
« Dor ?
— Mon amour ?
— Demande l'aide des dieux. »

**Dor fit ce qu'elle lui avait réclamé. Il veilla toute la nuit.**

Il pria comme il n'avait jamais prié avant. Par le passé, il avait eu foi dans les nombres, les mesures. Mais à présent, il suppliait les plus hautes divinités – celles du Soleil et de la Lune – de tout arrêter, de laisser le monde dans les ténèbres, de laisser son horloge à eau déborder. Si cela arrivait, alors Dor aurait le temps de trouver Asu, qui guérirait sa bien-aimée.

Dor se balançait d'avant en arrière, répétant en un murmure : « Je vous en supplie… », fermant les paupières de toutes ses forces pour purifier ses paroles. Pourtant, lorsqu'il les ouvrit imperceptiblement, il vit ce qu'il craignait : le premier changement de couleur à l'horizon. Il s'aperçut que l'eau du bol atteignait presque l'encoche du jour. Il vit que ses mesures étaient exactes, et il les détesta pour cela, et il maudit tout son savoir et les dieux qui l'avaient abandonné.

Il s'agenouilla près de sa femme, qui respirait difficilement, le visage et les cheveux trempés de sueur, il se pencha sur elle, posa sa peau contre la sienne, sa joue contre sa joue, et mêla ses larmes aux siennes tandis qu'il murmurait : « Je vais arrêter tes souffrances. Je vais tout arrêter. »

**Quand le soleil se leva, il ne parvint pas à la réveiller.**

Il lui frotta les épaules, lui tapota le menton.

« Alli, murmura-t-il. Alli… ma femme… ouvre les yeux. »

Elle était parfaitement immobile, sa tête reposant mollement sur la couverture, respirant faiblement. Dor sentit la colère, un cri primal qui montait en lui depuis la plante des pieds, qu'il expulsa par les poumons.

« Aaaaaaahhhhh ! ! »

Son cri résonna dans le vide des hautes plaines.

Il se leva, lentement, comme en transe.

Et se mit à courir.

**Il courut tout le matin et il courut sous le soleil de midi. Il courut, les poumons en feu, jusqu'à ce qu'enfin il la voie.**

La tour de Nim.

Elle se dressait, immense ; son sommet disparaissait dans les nuages. Dor s'y précipita, tenaillé par un dernier espoir. Il avait observé le temps, estimé le temps, mesuré le temps et analysé le temps et, à présent, il était décidé à atteindre le seul endroit où l'on pouvait changer le temps.

Le ciel.

Il monterait dans la tour et ferait ce que les dieux n'avaient pas fait.

Il arrêterait le temps.

**La tour était une pyramide à degrés, aux escaliers réservés pour l'ascension glorieuse de Nim.**

Nul n'osait y poser le pied. Certains baissaient même les yeux en passant devant.

Ainsi, quand Dor atteignit la base de l'édifice, plusieurs gardes le regardèrent, mais nul ne soupçonna ce qu'il voulait faire. Avant qu'ils puissent réagir, Dor montait déjà quatre à quatre les escaliers réservés au roi. Des esclaves le regardèrent, décontenancés. Qui était cet homme ? Était-il d'ici ? L'un cria quelque chose à un autre. Plusieurs lâchèrent leurs briques et leurs outils.

Les esclaves commencèrent bientôt l'ascension, eux aussi, convaincus que la course vers le ciel avait commencé. Les gardes les suivirent. Près de la base, les gens les rejoignirent. Le désir de pouvoir est un combustible, et bientôt ils furent des milliers à escalader la façade de la tour. Un rugissement s'élevait, le mugissement collectif d'hommes violents, prêts à prendre ce qui n'était pas à eux.

**Ce qui se produisit ensuite est sujet à débat.**

Selon l'Histoire, la tour de Babel fut détruite, ou bien abandonnée. Mais l'homme qui deviendrait Père Temps pourrait apporter un autre témoignage, car son destin fut scellé ce jour-là.

À mesure que les gens s'élevaient, le bâtiment commença à s'effondrer. La brique rougeoya tel le métal en fusion. Un grondement de tonnerre retentit – et le fond de la tour se liquéfia. Le sommet explosa en flammes. Le milieu resta suspendu dans les airs, défiant toutes les lois connues de l'homme. Ceux qui cherchaient à atteindre le ciel furent projetés comme de la neige d'une branche d'arbre.

Dans ce chaos, Dor continuait son ascension, et il resta enfin le seul debout dans l'escalier. Il continua au-delà du vertige, de la souffrance, les jambes douloureuses et la poitrine nouée. Il gravissait une marche après l'autre, entouré de corps tourbillonnants. Il entrevit des bras, des coudes, des pieds, des chevelures.

Au total, des milliers d'hommes furent projetés de la Tour, leurs langues déformées en une multitude de langages. Le projet égoïste de Nim fut réduit à néant avant qu'il lance une nouvelle flèche dans le ciel.

Seul un homme put s'élever dans le brouillard, comme s'il était tiré par les aisselles, atterrissant sur le sol d'un endroit sombre et profond, un endroit dont nul ne connaissait l'existence et que nul ne trouverait jamais.

# 16

**Cela arrivera bientôt.**

Une vague de l'océan commence à se briser et un garçon se dresse sur sa planche de surf, les orteils crispés. Il se dirige vers l'intérieur du rouleau.

La vague s'arrête. Lui aussi.

**Cela arrivera bientôt.**

Une coiffeuse soulève une touffe de cheveux et passe ses ciseaux en dessous. Elle tire. Un petit bruit.

Les cheveux se détachent et tombent vers le sol.

Ils s'arrêtent dans leur chute.

**Cela arrivera bientôt.**

Dans un musée près de la Huttenstrasse à Düsseldorf, en Allemagne, un gardien jette un œil à un visiteur d'allure étrange. Il est mince. Il a les cheveux longs. Il se dirige vers les montres anciennes. Il ouvre une vitrine.

*« Nein, bi... »* commence le gardien, mais il se sent aussitôt détendu, brumeux, perdu dans ses pensées. Il croit voir l'homme étrange retirer toutes les montres,

les étudier, les ouvrir puis les remonter, ce qui prendrait des semaines.

Émergeant de ses pensées, le gardien termine : *« … itte. »*

Mais l'homme a disparu.

# LA CAVERNE

## 17

**Dor se réveilla à l'intérieur d'une caverne.**

Il n'y avait pas de lumière, pourtant il y voyait. Il sentit des cailloux sous ses pieds ; des saillies rocheuses tombaient du plafond.

Il se frotta les coudes et les genoux. Était-il vivant ? Comment était-il arrivé ici ? L'ascension de la tour avait été très douloureuse, mais il ne souffrait plus à présent. Il n'avait pas de mal à respirer. En fait, il se rendit compte qu'il respirait à peine.

Il se demanda un moment s'il était dans le repaire des dieux, puis il pensa aux corps précipités de la Tour, aux fondations détruites, et à la promesse qu'il avait faite à Alli – *Je vais arrêter tes souffrances* – et il tomba à genoux. Il avait échoué. Il n'avait pas remonté le temps. Pourquoi l'avait-il quittée ? Pourquoi avait-il couru ?

Dor enfouit son visage dans ses mains et pleura. Les larmes coulèrent entre ses doigts, couvrant le sol de pierre d'un bleu irisé.

**Il est difficile de dire combien de temps Dor pleura.**

Lorsqu'il leva enfin les yeux, il vit une silhouette assise devant lui : le vieil homme qu'il avait vu enfant, le menton posé sur le sommet de son bâton d'or. Il observait Dor comme un père regarde son fils endormi.

« Est-ce le pouvoir que tu cherches ? » demanda le vieil homme.

Sa voix était légère et ténue, comme s'il ne s'en était jamais servi ; Dor n'en avait jamais entendu de pareille.

« Je ne cherche, murmura Dor, qu'à arrêter le Soleil et la Lune.

— Ah, dit le vieil homme. N'est-ce pas là le pouvoir ? »

Il donna un léger coup aux sandales de Dor qui se désintégrèrent, le laissant pieds nus.

« Es-tu le dieu suprême ? demanda Dor.

— Je ne suis que Son serviteur.

— Est-ce la mort ?

— La mort t'a été épargnée.

— Pour mourir ici ?

— Non. Dans cette caverne, tu ne vieilliras pas d'une minute. »

Dor détourna les yeux, honteux.

« Je ne mérite pas un tel don.

— Ce n'est pas un don », dit le vieil homme.

**Il se redressa, levant son bâton.**

« Tu as commencé quelque chose, lors de tes jours sur Terre. Quelque chose qui changera tout ce qui viendra après toi.

— Tu te trompes, dit Dor. Je suis faible, je suis un paria.

— L'homme connaît rarement son pouvoir », dit le vieil homme.

Il frappa le sol. Dor cligna des yeux. Devant lui se trouvaient tous ses outils et ses instruments, ses bols, ses bâtons, ses pierres et ses tablettes.

« Est-ce que tu en as donné ? »

Dor pensa au bâton soleil.

« L'un d'eux m'a été pris, dit-il.

— Il y en a bien d'autres, désormais. Une fois créé, ce désir n'a pas de fin. Il grandira pour dépasser tout ce que tu as imaginé. Bientôt l'homme comptera toutes ses journées, puis de plus petites parties de sa journée, puis d'encore plus petites… jusqu'à ce que le décompte le consume, et alors l'émerveillement du monde qui lui a été donné sera perdu. »

Le vieil homme frappa de nouveau le sol. Les instruments de Dor tombèrent en poussière.

Le vieil homme plissa les yeux.

« Pourquoi as-tu mesuré les jours et les nuits ? »

Dor détourna son regard.

« Pour savoir, répondit-il.

— Pour savoir ?

— Oui.

— Et que sais-tu vraiment… du temps ?

— Du temps ? »

**Dor réfléchit, perplexe. Il n'avait jamais entendu ce mot auparavant. Quelle réponse serait satisfaisante ?**

Le vieil homme leva un doigt osseux. Les larmes de Dor se mêlèrent sur le sol, formant une tache bleue sur la roche.

« Apprends ce que tu ignores, dit le vieil homme. Comprends les conséquences de ce décompte.

— Comment ?

— En écoutant le malheur qu'il crée. »

L'homme abaissa la main sur les taches bleutées. Elles se liquéfièrent et se mirent à briller. Des fumerolles apparurent à leur surface.

Dor observait, décontenancé et perplexe. Il ne voulait qu'Alli, mais Alli avait disparu. Sa voix s'étrangla en un murmure :

« Je t'en prie, laisse-moi mourir. Je n'ai aucune envie de continuer. »

Le vieil homme se redressa :

« La longueur de tes jours ne t'appartient pas. Cela, tu l'apprendras aussi. »

Il joignit les mains et rétrécit, prenant la taille d'un enfant, puis d'un nourrisson, enfin il s'éleva telle une abeille prenant son vol.

« Attends ! hurla Dor. Combien de temps dois-je rester emprisonné ici ? Quand reviendras-tu ? »

La forme rabougrie du vieil homme atteignit le sommet de la caverne. Elle se glissa dans une fissure. De cette fissure tomba une goutte d'eau, une seule.

« Quand le Ciel rencontrera la Terre », dit-il.

Et il disparut dans le néant.

## 18

**Sarah Lemon était vraiment bonne en sciences** et à quoi cela lui servait-il, au juste ? se demandait-elle souvent. L'important, au lycée, c'était d'avoir du succès – principalement grâce au physique. Sarah, qui réussissait les examens de biologie sans aucun problème, n'aimait pas ce qu'elle voyait dans la glace, et les autres non plus d'ailleurs, pensait-elle : ses yeux noisette, trop écartés, ses cheveux secs et ondulés, l'espace entre ses dents, le corps épais dont elle ne s'était jamais débarrassé depuis qu'elle avait pris du poids, après la séparation de ses parents. Elle était assez bien dotée en haut mais trop en bas, pensait-elle, et l'une des amies de sa mère avait déclaré « qu'elle serait peut-être séduisante plus tard », ce qu'elle n'avait pas pris comme un compliment.

C'était sa dernière année de lycée. Sarah Lemon avait dix-sept ans et la plupart des autres élèves la considéraient comme trop intelligente, trop bizarre, ou les deux. En cours, elle n'éprouvait aucune difficulté ; elle fonçait s'asseoir à la table près de la fenêtre pour éviter l'ennui. Souvent, elle dessinait dans son cahier des autoportraits boudeurs, qu'elle cachait aux autres.

Elle déjeunait seule, rentrait seule à la maison, et passait la plupart de ses soirées chez elle avec sa mère, sauf si Lorraine avait prévu de voir les femmes caquetantes que Sarah surnommait « le club des divorcées ». Dans ce cas, Sarah mangeait seule devant son ordinateur.

Elle était la troisième de sa classe, et elle attendait le résultat de sa demande d'admission dans une université publique voisine – la seule que Lorraine pouvait payer.

Cette demande d'admission l'avait conduite au Garçon.

**Il s'appelait Ethan.**

Grand et mince, avec un regard indolent et des cheveux épais couleur café, il était lui aussi en dernière année, apprécié et entouré d'amis, garçons et filles. Ethan courait dans l'équipe d'athlétisme. Il jouait dans un groupe. Dans l'astronomie de la vie lycéenne, Sarah n'aurait jamais rencontré son orbite.

Mais les samedis, Ethan déchargeait des camions de nourriture dans un foyer de sans-abri – le même foyer où Sarah travaillait comme bénévole, car le dossier d'admission à l'université devait comporter une rédaction sur « une expérience importante de travaux d'intérêt collectif ». Sarah n'en avait jamais effectué jusque-là ; elle avait donc proposé ses services et le foyer l'avait accueillie avec plaisir. À dire vrai, elle passait la plupart du temps en cuisine, à remplir des bols de flocons d'avoine, parce qu'elle se sentait mal à l'aise auprès des sans-abri – une fille des quartiers résidentiels avec sa parka en duvet et son iPhone ? Que pouvait-elle leur dire, à part « je suis désolée » ?

Et puis Ethan était arrivé. Elle l'avait remarqué près du camion dès son premier jour – l'oncle d'Ethan dirigeait une entreprise de logistique alimentaire – et il l'avait remarquée, elle aussi ; c'était la seule personne de son âge. Il avait posé un carton sur le comptoir de la cuisine et lui avait lancé : « Salut, ça va ? »

Sarah se raccrochait à cette phrase comme à un souvenir. *Salut, ça va ?* Les premiers mots qu'il lui avait dits. Désormais, ils se parlaient chaque semaine. Une fois, elle lui avait proposé un paquet de biscuits au beurre pris sur une étagère et il avait répondu : « Nan, je veux pas prendre de la nourriture à ces gens. » Elle avait trouvé cela adorable, noble même.

Sarah commença à se dire qu'Ethan était son destin, comme souvent les jeunes filles avec les garçons. Loin du lycée, qui décrétait implicitement qui avait le droit de parler à qui, Sarah se sentait plus en confiance, se tenait plus droite, laissait tomber les T-shirts à message social qu'elle portait parfois pour des hauts au décolleté plus féminin, et rougissait quand Ethan lui disait : « T'es bien élégante aujourd'hui, Lemon-ade. »

**À mesure que les semaines passaient, Sarah s'enhardit à croire qu'il éprouvait pour elle ce qu'elle éprouvait pour lui,**

que ce n'était pas un hasard si tous deux s'étaient retrouvés dans cet endroit improbable. Elle avait entendu parler du destin dans des livres comme *Zadig* de Voltaire ou même *L'Alchimiste*, et elle pensait que le destin était à l'œuvre pour elle aussi. La semaine précédente, elle avait rassemblé son courage pour demander à Ethan s'il voulait sortir un soir et il avait répondu : « Ouais, d'accord, vendredi peut-être ? »

Et voilà qu'on était vendredi. *Huit heures et demie, huit heures et demie !* Elle essaya de se calmer. Elle savait qu'il ne fallait jamais perdre la tête pour un garçon. Mais Ethan était différent. Pour lui, elle avait violé sa règle d'or.

Dans son T-shirt framboise, son jean noir et ses talons, elle était à deux rues du grand événement quand son téléphone portable émit un bip annonçant un texto.

Son cœur bondit.

C'était de lui.

## 19

**Victor Delamonte était le quatorzième homme le plus riche du monde, d'après un magazine économique.**

L'article montrait une vieille photo de Victor, le menton au creux de la main, ses bajoues remontantes, un sourire pensif sur son visage épais. Le journaliste notait que « ce magnat secret de la finance, cet homme aux sourcils broussailleux » était fils unique, né en France, et qu'il était venu en Amérique où il avait réussi – une vraie *success story* d'immigré.

Mais, comme Victor avait refusé de parler au magazine (il fuyait la publicité), certains détails de son enfance avaient été omis, comme celui-ci : à l'âge de neuf ans, Victor avait perdu son père, un plombier, lors d'une bagarre dans une taverne portuaire. Quelques jours plus tard, sa mère avait quitté la maison, vêtue uniquement d'une chemise de nuit, et elle avait sauté d'un pont.

En moins d'une semaine, Victor s'était retrouvé orphelin.

On l'avait mis sur un bateau pour retrouver un oncle en Amérique. De l'avis unanime, c'était mieux que l'enfant grandisse dans un pays sans fantômes. Victor attribuerait par la suite sa philosophie financière à son voyage en mer, pendant lequel son unique sac de nourriture – trois miches de pain, quatre pommes et six pommes de terre –, rempli par sa grand-mère fut jeté à l'eau par des petits voyous. Victor pleura ce soir-là sur tout ce qu'il avait perdu, mais cela lui enseigna une leçon importante, dirait-il plus tard : s'attacher aux choses ne faisait que « briser le cœur ».

Il évita donc de s'attacher, ce qui lui rendit service lors de son ascension financière. Lycéen à Brooklyn, il acheta deux flippers avec de l'argent économisé grâce à des boulots d'été, et il les installa dans des bars de son quartier ; il les revendit quatre mois plus tard et, avec les bénéfices, il acheta des distributeurs de confiseries, qu'il revendit à leur tour pour acheter cinq distributeurs de cigarettes. Il continua à acheter, vendre et réinvestir jusqu'à posséder l'entreprise de distributeurs. Il acheta bientôt une station-service, ce qui le conduisit à s'intéresser au pétrole, où il acquit des raffineries au bon moment ; sa richesse le laissait désormais entièrement à l'abri du besoin.

Il donna ses premiers 100 000 dollars à l'oncle américain qui l'avait élevé. Il réinvestit tout le reste. Il acheta des distributeurs de voitures, de l'immobilier, et enfin des banques ; d'abord une petite dans le Wisconsin, puis plusieurs autres. Son portefeuille d'actions connut une croissance exponentielle, et il lança un fonds pour les gens qui voulaient profiter de sa stratégie d'investissement. Au fil des ans, il devint l'un des fonds les plus cotés – et les plus recherchés – du monde.

**En 1965, il rencontra Grace dans un ascenseur.**

Victor avait quarante ans. Grace trente et un. Comptable dans l'entreprise de Victor, elle portait une robe imprimée, une veste blanche et un collier de perles, avec un casque de cheveux blond lumineux. Jolie, mais pragmatique. Cela plut à Victor. Il lui fit un petit signe de tête au moment où les portes se refermaient et elle baissa les yeux, gênée de se trouver si près de son patron.

Il lui envoya une invitation à dîner dans un club privé, par le courrier interne de l'entreprise. Ils parlèrent pendant des heures. Victor apprit que Grace avait été mariée, juste après le lycée. Son mari avait été tué pendant la guerre de Corée. Elle s'était plongée dans le travail. Victor pouvait comprendre cela.

Ils allèrent en limousine jusqu'au fleuve. Ils se promenèrent sous le pont, et échangèrent leur premier baiser sur un banc, en face de Brooklyn.

Dix mois après leur rencontre dans l'ascenseur, ils furent mariés en présence de quatre cents invités, dont vingt-six du côté de Grace. Les autres étaient des relations d'affaires de Victor.

Au début, ils firent tout ensemble, jouant au tennis, visitant des musées, voyageant à Palm Beach, Buenos Aires, Rome. Mais, avec la rapide expansion financière de Victor, leurs activités communes disparurent. Victor commença à voyager seul, travaillant dans l'avion et travaillant encore, arrivé à destination. Ils cessèrent de jouer au tennis. Les visites au musée se firent rares. Ils n'eurent jamais d'enfants. Grace le regretta. Elle finit par le dire à Victor. Ce fut l'une des raisons qui les conduisit à moins se parler.

Au fil du temps, leur mariage se gâta. Grace s'irritait de l'impatience de Victor, de sa tendance à corriger les gens, de ses lectures pendant les repas, et de sa capacité à interrompre toute réunion amicale pour des raisons professionnelles. Victor s'agaçait des petites remarques de sa femme, et du temps qu'il lui fallait toujours pour se préparer, l'obligeant à consulter sa montre constamment. Ils prenaient leur café ensemble le matin et allaient parfois au restaurant le soir, mais, à mesure que les années s'écoulaient et que leur richesse s'étalait autour d'eux comme des jetons de casino, avec plusieurs maisons et des jets privés, la vie commune devenait une obligation. L'épouse jouait son rôle, le mari faisait de même. Jusqu'à ces derniers temps – lorsque tous les soucis de Victor s'étaient effacés devant l'ombre d'un seul.

La Mort.

Et comment l'éviter.

**Quatre jours après son quatre-vingt-sixième anniversaire, Victor avait rendu visite à un oncologiste, au New York City Hospital,**

qui confirma l'existence d'une tumeur de la taille d'une balle de golf, près de son foie.

Victor chercha toutes les possibilités de traitement. Il s'était toujours inquiété de problèmes de santé susceptibles de nuire à ses affaires, et il dépensa sans compter pour trouver un remède. Il prit l'avion pour consulter des spécialistes. Il monta une équipe de consultants médicaux. En dépit de tout, presque une année plus tard, les résultats n'étaient pas bons. Ce jour-là, Grace et lui avaient vu le responsable. Grace avait voulu poser une question, mais elle n'en avait pas eu la force.

« Ce que Grace veut savoir, avait dit Victor, c'est… combien de *temps* il me reste.

— En étant optimiste, avait répondu le médecin, deux mois. »

La mort venait le chercher.

Mais la mort aurait une surprise.

# 20

**La première voix dit : « Moins vite. »**

« Qui est là ? » hurla Dor.

Il essayait de s'évader de la caverne depuis le départ du vieil homme. Il cherchait des issues. Il cognait sur les murs de karst. Il avait essayé de se plonger dans le bassin de larmes, mais un courant d'air l'avait repoussé, comme des millions de souffles venus d'en bas.

Et puis cette voix.

« Moins vite. »

Dor ne voyait que des fumerolles blanches à la surface du bassin, dans une luminescence bleu turquoise.

« Montre-toi ! »

Rien.

« Réponds-moi ! »

Tout à coup, il l'entendit encore. Deux mots. Légers, à peine audibles, un prière étouffée qui s'élevait dans la caverne.

*« Moins vite. »*

Moins vite que quoi ? se demanda Dor. Il s'accroupit, solitaire, les yeux fixés sur l'eau incandescente, cherchant désespérément à entendre le son d'une autre âme.

**La deuxième voix, enfin, fut celle d'une femme. Elle disait : « Encore. »**

La troisième, celle d'un petit garçon, prononçait le même mot. La quatrième – elles arrivaient plus vite, maintenant – faisait allusion au soleil. La cinquième parlait de la lune. La sixième n'était qu'un murmure et répétait « encore, encore », tandis que la septième disait : « Encore un jour » et que la huitième suppliait : « Continue, continue… »

Dor frotta sa barbe, qui était devenue broussailleuse, comme ses cheveux. Malgré son isolement, son corps fonctionnait normalement. Il était nourri sans nourriture. Revigoré sans sommeil. Dor faisait le tour de la caverne ou humectait ses doigts à la fissure d'où gouttait l'eau.

Mais il ne pouvait échapper aux voix du bassin luminescent – ces voix suppliantes, qui priaient toujours pour avoir des jours, des nuits, des soleils, des lunes, puis des heures, des mois, des années. Dor pouvait se boucher les oreilles, il les entendait tout autant.

**Et c'est ainsi que, sans le savoir, Dor commença à purger sa peine…**

… entendre chaque supplique de toutes les âmes qui voulaient ce qu'il avait été le premier à mesurer : cet élément qui éloignait l'homme de la simple lumière de son existence, le projetant toujours plus dans les ténèbres de ses obsessions.

Le temps.

Il allait trop vite pour tout le monde, sauf pour lui.

# 21

**Sarah lut le texto d'Ethan sur son téléphone.**

Elle eut un coup au cœur.

*« @ la semène proch-N ? Jé dé truk ce soir. @+ au foyer, OK ? »*

Ses jambes flageolèrent, comme une marionnette dont on coupe les fils.

« Non ! cria une voix dans sa tête. Pas la semaine d'après. Maintenant ! Comme convenu ! Avec le temps que j'ai passé à me maquiller… »

Elle voulut le faire changer d'avis, mais il fallait répondre au texto tout de suite. Si elle tardait trop, il risquerait de croire qu'elle était fâchée.

Au lieu de répondre « non », elle tapa : *« Pas de problème. »* Elle ajouta : *« @+ au foyer. »*

Et enfin : *« Amuse-toi bien. »*

Elle envoya le texto et remarqua qu'il était 8 h 22.

Adossée à un panneau de signalisation, Sarah se répéta que ce n'était pas sa faute : si Ethan lui avait posé un lapin, ce n'était pas parce qu'elle était trop intello ou trop grosse, ou qu'elle parlait trop ou autre chose. Non, Ethan avait simplement un truc à faire. Ça arrivait, non ?

« Je fais quoi, maintenant ? » se demanda-t-elle. La nuit était comme un cratère vide. Impossible de rentrer chez elle. Pas tant que sa mère était encore debout. Impossible d'expliquer cette sortie de cinq minutes en talons hauts.

Sarah se traîna donc jusqu'à une cafétéria voisine et commanda un chocolat *macchiato* avec un beignet à la cannelle. Elle s'assit dans le fond.

« Huit heures vingt-deux ! se répéta-t-elle. Allez ! »

Mais au fond d'elle-même, elle comptait déjà les jours jusqu'à la semaine suivante.

## 22

**Victor avait toujours su étudier un problème et en trouver la faille.**

Entreprises en faillite. Dérégulations. Sautes du marché. Il y avait toujours une clé cachée ; simplement, les autres ne la voyaient pas.

Victor envisagea la mort de la même manière.

Au début, il avait combattu le cancer par des moyens conventionnels : chirurgie, radio et chimiothérapie, qui l'avaient laissé affaibli et nauséeux. Ces traitements limitèrent la croissance de la tumeur, mais ses reins faiblirent, et il dut subir une dialyse trois fois par semaine ; il ne le supporta qu'en gardant en permanence à ses côtés son bras droit, Roger, pour lui dicter des messages et se tenir au courant de ses affaires. Victor refusa de manquer une minute de travail. Il consultait sa montre en permanence. « Allons-y, allons-y », marmonnait-il. Il avait horreur d'être coincé ainsi, accroché à une machine qui filtrait les déchets de son corps. Quelle position pour un homme comme lui !

Victor supporta la dialyse jusqu'au jour où il ne la supporta plus. Les hommes de sa trempe allaient au fond des choses, et au bout d'un an, il sut que, au fond…

Il ne pouvait pas gagner.

Pas de manière conventionnelle. Trop de gens avaient essayé. C'était un mauvais calcul de compter sur un miracle.

Et Victor ne faisait pas de mauvais calculs.

**Il se détourna donc de sa maladie pour se concentrer sur le temps – le temps qu'il n'avait plus – et qui était, pour lui, le vrai problème.**

Comme les autres hommes détenteurs d'un pouvoir colossal, Victor ne pouvait imaginer le monde sans lui. Il se sentait presque *obligé* de rester en vie. Le cancer était un obstacle – mais le vrai problème, c'était la mortalité humaine.

Comment s'attaquer à cela ?

Victor trouva enfin une ouverture lorsqu'un chercheur de ses bureaux de la côte Ouest, en réponse à l'une des demandes concernant l'« immortalité », lui avait faxé une série de documents sur la cryogénisation.

La cryogénisation.

La conservation des humains en vue d'un réveil ultérieur.

Se congeler.

Victor parcourut le dossier.

Il ne pouvait vaincre la mort.

Mais il pouvait durer plus longtemps qu'elle.

## 23

**Le bassin des voix était rempli des larmes de Dor,** mais il ne fut que le premier à pleurer. À mesure que l'humanité était obsédée par les heures, le regret du temps perdu causa un vide dans le cœur humain. Les gens s'inquiétaient des occasions ratées, des journées trop courtes ; ils s'inquiétaient constamment de leur durée de vie, car le décompte de la vie avait conduit inévitablement au compte à rebours.

Bientôt, dans toutes les nations et dans toutes les langues, le temps devint la ressource la plus précieuse. Et le désir de temps forma un chœur perpétuel dans la caverne de Dor.

*Encore du temps*. Une jeune fille qui tenait la main de sa mère malade. Un cavalier pressé d'arriver avant la nuit. Un paysan qui se hâtait d'engranger sa récolte. Un étudiant penché sur des piles de cours.

*Encore du temps*. Un homme souffrant de gueule de bois, qui éteignait brutalement son réveil. Un salarié épuisé croulant sous les dossiers. Un mécanicien penché sur un moteur, avec des clients qui attendaient impatiemment.

*Encore du temps*. C'était le moteur de l'existence de Dor, la seule chose qu'il entendait, des millions de voix qui l'entouraient comme des moucherons. Dor avait vécu à l'époque où le monde ne parlait qu'une seule langue, mais il avait le pouvoir de toutes les comprendre désormais, et, au simple volume des voix, il sentait que la Terre était devenue un lieu très peuplé, et que l'humanité s'adonnait à bien d'autres pratiques que la chasse ou la construction ; elle travaillait, elle voyageait, elle faisait la guerre, et elle désespérait.

Et elle n'avait jamais assez de temps. Elle suppliait le Ciel d'allonger les heures. Son appétit était sans limites. Les prières ne s'arrêtaient jamais.

**Et lentement, petit à petit, Dor en vint à regretter ce qui l'avait autrefois consumé.**

Il ne comprenait pas le but de cette torture lente, et il maudissait le jour où il avait compté ses doigts, il maudissait les bols et les bâtons soleil, il maudissait tous les moments qu'il avait passés loin d'Alli alors qu'il aurait pu les passer avec elle, à écouter sa voix, sa tête posée contre la sienne.

Surtout, Dor maudissait le fait que d'autres mourraient et connaîtraient leur destin, tandis que lui vivrait éternellement.

# ENTRE-TEMPS

# 24

**Le lendemain matin, Sarah se montra désinvolte avec Ethan.**

Du moins, elle essaya. Il portait un sweat à capuche, un jean déchiré et des Nike. Il posa des cartons de pâtes et de jus de pomme sur le comptoir.

« Quoi de neuf, Lemon-ade ?

— Pas grand-chose », répondit-elle, en remplissant les assiettes de flocons d'avoine.

Elle lui jeta quelques regards à la dérobée, dans l'espoir de découvrir un indice sur l'annulation de leur rendez-vous. Elle voulait que ce soit lui qui aborde le sujet… mais il déballait les cartons à sa manière rapide et efficace, en sifflotant un morceau de rock.

« C'est super ta chanson, dit-elle.

— Ouais… » fit-il en se remettant à siffloter.

« Alors, qu'est-ce qui s'est passé hier soir ? »

*Oh, mon Dieu.* Elle venait vraiment de dire ça ? *Non mais quelle idiote !!*

« Enfin, c'est pas grave… ajouta-t-elle.

— Ouais, désolé, j'ai pas pu…

— Pas grave…

— C'est tombé au mauvais moment…
— Non, c'est bon.
— Bon. »
Là-dessus, Ethan compacta les cartons et les mit dans de grandes poubelles.
« Tu peux y aller, c'est bon, annonça-t-il.
— Entendu.
— À la semaine prochaine, Lemon-ade. »
Et il sortit comme toujours, les mains fourrées dans les poches, avec sa démarche bondissante. C'était tout ? se demanda Sarah. Qu'est-ce qu'il voulait dire par « à la semaine prochaine » ? Vendredi soir prochain ? Ou samedi matin ? Et pourquoi ne pas lui avoir posé la question ? Pourquoi est-ce que c'était toujours à elle de le faire ?
Un sans-abri avec une casquette bleue s'approcha de la fenêtre et prit son assiette.
« Il y a des bananes en plus ? » s'enquit-il.
Sarah lui prépara son bol – il demandait la même chose toutes les semaines – il dit « merci », elle marmonna « de rien » ; puis elle prit une serviette en papier pour essuyer autour de la dernière bouteille qu'Ethan avait déballée ; le bouchon s'était dévissé et le contenu s'était répandu partout.

## 25

**« Là-dedans ? » demanda Victor.**

« Oui », répondit l'homme. Il s'appelait Jed. C'était le directeur du laboratoire de cryogénisation.

Victor contempla les énormes cylindres en fibre de verre. Ils étaient arrondis et épais, de quatre mètres de haut environ, et couleur de neige vieille d'un jour.

« Combien de gens en contient chacun ?

— Six.

— Ils sont congelés, là ?

— Oui.

— Et dans quelle… position ?

— La tête en bas.

— Pourquoi ?

— Si quelque chose arrive au sommet, le plus important est de protéger la tête. »

Victor étreignit sa canne, tâchant de dissimuler sa réaction. En homme habitué aux halls élégants et aux bureaux panoramiques, il était rebuté par l'aspect des lieux. Victor se trouvait dans une zone industrielle d'une banlieue quelconque de New York, dans un bâtiment de brique de plain-pied, avec une plateforme de chargement sur le côté.

L'intérieur n'était pas plus impressionnant. Quelques pièces sur le devant. Un laboratoire où les corps entamaient leur processus de congélation. Un grand hangar ouvert où les cylindres étaient rangés côte à côte, six personnes par unité, comme un cimetière d'intérieur avec des sols en linoléum.

Victor avait insisté pour visiter les lieux le lendemain. Il était resté éveillé toute la nuit, sans prendre ses somnifères ni prêter attention à la douleur dans son dos et son estomac. Il avait lu et relu tout le dossier. Il s'agissait d'une science relativement nouvelle (la première personne cryogénisée l'avait été en 1972), mais le concept fondateur n'était pas illogique : congeler le corps. Attendre les avancées de la science, dégeler le corps, le ranimer et le soigner.

La dernière partie, bien sûr, serait la plus difficile. *Mais pense aux progrès accomplis de ton vivant*, s'était dit Victor. Deux de ses cousins étaient morts de la typhoïde et de la coqueluche. De nos jours, ils seraient vivants. Les choses changeaient. « Ne jamais trop s'attacher », se rappela-t-il – y compris aux connaissances de son époque.

« Qu'est-ce que c'est ? » demanda-t-il. Près des cylindres, une boîte en bois blanc, divisée en casiers numérotés, avec plusieurs bouquets de fleurs.

« Pour les visites des membres de la famille, expliqua Jed. Chaque numéro correspond à une personne dans un cylindre. Le visiteur s'assoit là-bas. »

Il montra un sofa couleur moutarde, poussé contre le mur. Victor essaya d'imaginer Grace assise sur un meuble aussi miteux. Il comprit alors qu'il ne pourrait jamais lui parler de son idée.

Elle ne l'accepterait pas. Aucune chance. Grace était croyante et pratiquante. Elle ne croyait pas aux manipulations du destin. Et il n'allait pas se disputer avec elle.

Non. Le plan final dépendait de lui. Dans la mort, nous sommes principalement ce que nous avons été dans la vie, et, depuis ses neuf ans, Victor était habitué à s'occuper de lui-même.

Il se rappela donc : pas de visiteurs. Pas de fleurs. Et payer ce qu'il fallait pour avoir son cylindre personnel.

S'il devait attendre des siècles avant de renaître, il le ferait seul.

## 26

**Toutes les cavernes commencent avec la pluie.**

La pluie se mêle au gaz. L'eau, désormais acide, ronge la roche et des fissures s'élargissent, formant des passages. Finalement, après bien des millénaires, ces passages peuvent créer une ouverture assez large pour l'homme.

Ainsi, la caverne de Dor était déjà un produit du temps. Pourtant, à l'intérieur, une nouvelle horloge tournait. L'eau tombant du plafond, où le vieil homme avait pratiqué une fissure, forma peu à peu une stalactite.

À mesure que cette stalactite gouttait sur le sol de la caverne, une stalagmite s'élevait.

Les deux points se rapprochaient inexorablement, comme aimantés l'un vers l'autre, mais si lentement que Dor ne s'en aperçut jamais.

Autrefois, il s'enorgueillissait de mesurer le temps avec l'eau. Mais l'homme n'invente rien que Dieu n'ait déjà créé.

Dor vivait dans la plus grande clepsydre du monde.

**Il n'y pensa jamais. D'ailleurs, il arrêta complètement de penser.**

Il arrêta de bouger. Il ne se leva plus. Il restait immobile, le menton entre les mains, parmi les voix assourdissantes.

Contrairement à tous les hommes qui l'avaient précédé, Dor avait le droit d'exister sans vieillir, sans utiliser un seul souffle des souffles comptés de sa vie. Mais Dor était brisé à l'intérieur. Ne pas vieillir, ce n'est pas vivre, et, sans contact humain, son âme se dessécha.

Comme les voix de la Terre se multipliaient de façon exponentielle, Dor les entendait sans distinction, pareilles à la pluie qui tombe.

Son esprit s'obscurcit à force d'inactivité. Ses cheveux et sa barbe prirent une longueur comique, comme les ongles de ses mains et de ses orteils. Dor perdit tout sens de son apparence. Il n'avait pas vu son image depuis qu'Alli et lui s'étaient rendus à la grande rivière et avaient souri en regardant leur reflet dans l'eau.

Dor se raccrochait désespérément à tous ces souvenirs. Il plissait les yeux pour s'en rappeler le moindre détail – jusqu'à ce que, enfin, à un moment indéterminé de son purgatoire, Dor sorte de la léthargie de ses ténèbres, aiguise un caillou et commence à écrire sur les murs.

**Il avait écrit sur Terre**

mais toujours pour compter le temps, avec des entailles pour les lunes et les soleils, les premières mathématiques du monde.

Ce qu'il écrivait à présent était différent. D'abord, il grava trois cercles pour se souvenir de ses enfants. Il leur donna un nom à chacun. Puis il inscrivit un quartier de lune pour la nuit où il avait dit d'Alli : « Elle est ma femme. » Puis une forme rectangulaire pour leur première maison – la cabane de torchis de son père – et une plus petite, pour la hutte en roseaux qu'ils avaient partagée.

Dor dessina un œil pour se rappeler le regard qu'Alli levait sur lui, et qui le bouleversait. Il dessina des lignes ondulées pour ses longs cheveux noirs et la sérénité qu'il éprouvait quand il y enfouissait son visage.

À chaque nouvelle inscription, Dor parlait à haute voix.

Il faisait ce que fait l'homme quand il ne lui reste rien.

Il se racontait sa propre vie.

# 27

**Lorraine savait que c'était une histoire de garçon.**

Sinon, pourquoi sa fille aurait-elle porté des talons hauts ? Elle espérait seulement que Sarah n'avait pas choisi un salaud comme son père.

**Grace savait que Victor était contrarié.**

Il avait horreur de perdre. Grace s'attristait que ce dernier combat – contre la maladie au stade terminal – soit inéluctablement perdu.

**Lorraine entendit la porte d'entrée qui s'ouvrait et Sarah fila dans sa chambre à l'étage, sans un mot.**

Elles vivaient ainsi, à présent. Elles vivaient ensemble, mais chacune de son côté.

Quelques années plus tôt encore, les choses étaient différentes. Lorsque Sarah était en quatrième, une fille de son cours de gym avait fourré un ballon de volley sous son T-shirt et, sans se rendre compte que Sarah l'entendait, avait demandé en minaudant à des garçons : « Salut les gars, je suis Sarah Lemon, je peux avoir vos frites ? » Sarah avait couru chez elle en pleurs et s'était enfouie dans les bras de sa mère. Tout en lui caressant les cheveux, Lorraine avait déclaré : « Il faudrait les exclure, toutes tant qu'elles sont. »

Ce réconfort manquait à Lorraine, cette intimité. Elle entendait Sarah au premier, elle voulait parler avec elle. Mais la porte était toujours fermée.

**Grace entendit Victor rentrer.**

« Il est là, Ruth, dit-elle au téléphone. Je te rappellerai. »

Elle alla à la porte prendre son manteau.

« Où étais-tu ?

— Au bureau.

— Tu as dû y aller un dimanche ?

— Oui. »

Il s'avança péniblement dans le couloir, toujours avec sa canne. Grace ne lui posa pas de question sur la grosse enveloppe qu'il portait sous le bras. Elle se contenta de demander :

« Tu veux du thé ?

— Non merci.

— À manger ?

— Non. »

Elle se rappela d'une époque où il l'embrassait en rentrant, la soulevait du sol et la bombardait de questions comme : « Où veux-tu aller ce week-end ? Londres ? Paris ? » Une fois, au balcon d'une villa en bord de mer, elle avait dit qu'elle regrettait de ne pas l'avoir rencontré plus tôt, et il avait répondu : « Nous allons réparer ça. Nous allons vivre longtemps ensemble. »

Grace se rappelait qu'il y avait eu de tels moments, jadis, et qu'elle devait se montrer patiente à présent, plus compatissante ; elle n'avait aucune idée de ce qu'il ressentait – les jours qui déclinaient, l'approche de la mort. Même s'il devenait lunatique ou lointain, elle était décidée à profiter du peu de temps qu'il leur restait, comme le début d'une nouvelle vie à deux, et pas la longue et triste période intermédiaire qu'ils avaient connue.

Elle regarda Victor disparaître dans son bureau, ignorant qu'il pensait à une autre vie, tout à fait différente.

## 28

**L'humanité tisse des liens inexplicables – même dans les rêves.**

Tout comme Dor entendait les voix d'âmes qu'il ne voyait pas, il arrivait aussi qu'une personne endormie voie son image flotter dans ses rêves.

Au XVIIe siècle, on avait peint un portrait de la reine Elizabeth avec un squelette regardant pardessus son épaule et un vieil homme barbu de l'autre côté. Le squelette représentait la mort, mais le mystérieux personnage barbu était, d'après l'artiste, un symbole du Temps qui lui était apparu en rêve.

Une gravure du XIXe siècle représentait un autre homme barbu, cette fois tenant un nourrisson qui symbolisait le nouvel an. Nul ne sait pourquoi l'artiste avait choisi cette image. Il déclara également à ses confrères qu'il l'avait vue dans un rêve.

En 1898 fut présentée une statue en bronze représentant un homme plus massif, toujours barbu mais nu et musclé, tenant une faux et un sablier, installé au-dessus d'une horloge géante sous une rotonde. Le modèle de la statue reste inconnu.

Mais on l'appela « Père Temps ».

**Et Père Temps reste seul, dans sa caverne.**

Le menton au creux des mains.

C'est ici qu'a commencé notre histoire. Depuis les trois enfants qui couraient sur la colline, jusqu'à ce lieu isolé, avec un homme barbu, un bassin empli de voix, et la stalactite qui n'est plus qu'à un millimètre de la stalagmite.

Sarah est dans sa chambre. Victor dans son bureau.

C'est notre temps. Celui d'aujourd'hui.

Notre temps sur Terre.

Et pour Dor, le temps est venu d'être libre.

# LA CHUTE

## 29

**« Que sais-tu du temps ? »**

Dor leva les yeux.

Le vieil homme était revenu.

Six mille ans de notre calendrier s'étaient écoulés. Dor poussa un cri de surprise. Lorsqu'il voulut parler, aucun son ne se fit entendre : son esprit avait oublié le chemin vers sa voix.

Le vieil homme entra tranquillement dans la caverne, examinant les murs avec grand intérêt. Il y vit tous les symboles imaginables – cercle, carré, ovale, rectangle, ligne, nuage, œil, lèvres – représentant chaque moment de sa vie que Dor s'était rappelé. Quand Alli a jeté la pierre… Quand nous sommes allés à la grande rivière… Quand notre fils est né…

Le dernier symbole, tout en bas, figurait une larme, pour rappeler éternellement à Dor le moment où Alli gisait mourante sur sa couverture.

La fin de son histoire.

Du moins pour lui.

**Le vieil homme se pencha et tendit la main.**

Il toucha la larme gravée, et elle se changea en eau sur son doigt.

Il se dirigea vers la stalactite et la stalagmite, qui n'étaient plus qu'à un fil l'une de l'autre. Il posa la goutte d'eau entre elles et la regarda se transformer en pierre, reliant les deux concrétions. Elles ne formaient plus qu'une colonne.

*Le Ciel rencontre la Terre.*

Comme il l'avait promis.

**Dor se sentit aussitôt soulevé du sol, comme tiré par des cordes.**

Tous ses symboles gravés s'élevèrent de la muraille, traversant la caverne tels des oiseaux migrateurs, avant de rétrécir en un cercle minuscule autour du lien étroit qui réunissait les concrétions rocheuses.

La stalactite et la stalagmite se cristallisèrent alors en une surface lisse et transparente – avec un bulbe supérieur et un bulbe inférieur – en forme de sablier géant.

À l'intérieur se trouvait le sable le plus blanc que Dor ait jamais vu, extrêmement fin, presque liquide. Il s'égrenait de haut en bas, et pourtant la quantité de sable ne variait dans aucun des bulbes.

« Ici se trouvent tous les moments de l'univers, dit le vieil homme. Tu as cherché à contrôler le temps. Pour ta pénitence, ton vœu t'est accordé. »

Il frappa le sablier de son bâton, l'encadrant de deux socles tressés d'or. Puis l'objet rétrécit et tomba au creux des bras de Dor.

Il tenait le temps entre ses mains.

« Va, maintenant, dit le vieil homme. Retourne dans le monde. Ton voyage n'est pas encore achevé. »

**Dor le regarda, l'esprit vide.**

Le courage l'abandonna. Autrefois, cette simple suggestion l'aurait fait bondir d'enthousiasme. Mais son cœur était vide. Il n'avait plus envie de rien. Alli avait disparu, elle ne reviendrait jamais, larme sur le mur d'une caverne. Que pouvait encore lui apporter la vie – ou un sablier – désormais ?

Il réussit enfin à murmurer :

« C'est trop tard.

— Il n'est jamais trop tard ou trop tôt, répondit le vieil homme. Tout vient en son temps. »

Il sourit :

« Dor, il y a un plan. »

**Dor tressaillit. C'était la première fois que le vieil homme l'appelait par son nom.**

« Retourne dans le monde. Et observe comment l'homme compte son temps.

— Pourquoi ?

— Parce que c'est toi qui l'as initié. Tu es le père du temps terrestre. Mais il y a encore quelque chose que tu ne comprends pas. »

Dor effleura sa barbe, qui lui arrivait à la taille. Il avait certainement survécu plus longtemps que tout autre homme. Pourquoi la vie n'en avait-elle pas encore fini avec lui ?

« Tu comptais les minutes, reprit le vieil homme. Mais en as-tu usé avec sagesse ? Pour être serein ?

Pour aimer ? Pour exprimer ta reconnaissance ? Pour inspirer les autres et être inspiré ? »

Dor baissa les yeux. Il savait que la réponse était non.

« Que dois-je faire ? demanda-t-il.

— Trouve deux âmes sur terre, un qui veut trop de temps et une qui n'en veut pas assez. Apprends-leur ce que tu as appris.

— Comment les trouverai-je ? »

Le vieil homme montra le bassin aux voix.

« Écoute leur souffrance. »

Dor regarda l'eau. Il pensa aux milliards de voix qui y étaient passées.

« Quelle différence deux personnes peuvent-elles faire ?

— À toi seul, répondit le vieil homme, tu as changé le monde. »

Il prit la pierre que Dor avait utilisée pour ses gravures et la réduisit en poussière.

« Seul Dieu peut écrire la fin de ton histoire.

— Dieu m'a abandonné, murmura Dor.

— Tu n'as jamais été seul. »

Il effleura le visage de Dor, qui sentit une énergie nouvelle emplir son esprit, comme de l'eau dans un réceptacle. Le vieil homme disparut peu à peu.

« Rappelle-toi toujours cela : il y a une raison pour laquelle Dieu met un terme aux jours de l'homme.

— Quelle est cette raison ?

— Achève ton voyage, et tu le sauras. »

# 30

**Après l'annulation, Sarah aurait dû réfléchir à deux fois avant d'envisager un nouveau rendez-vous.**

Mais un cœur au désespoir n'entend pas la raison. Et c'est ainsi que, deux semaines après la déception de cette soirée jean-noir-T-shirt-framboise, deux semaines à s'ennuyer en classe de sciences et à dîner devant l'ordinateur, Sarah essaya de nouveau. Elle se leva encore plus tôt pour aller au foyer – un samedi à 6 h 32 – et s'habilla comme si elle allait à une soirée. Elle avait mis un chemisier décolleté et une jupe juste assez moulante. Elle passa encore plus de temps sur son visage, consultant même quelques sites sur le blush et le fard à paupières. Elle se sentait mal à l'aise, vu le nombre de fois où elle avait critiqué l'épais maquillage de sa mère (« Maman, on dirait que tu fais le maximum pour attirer l'attention », se plaignait-elle) – mais Sarah justifiait ces efforts en se disant qu'un garçon comme Ethan pouvait avoir de belles filles quand il voulait, des filles encore plus maquillées et décolletées. Si elle voulait Ethan, elle devait changer certaines habitudes.

De toute façon, Lorraine dormait encore.

Sarah sortit donc en silence, prit la voiture de sa mère et se rendit au foyer, satisfaite de sa décision – jusqu'à ce que des sans-abri se mettent à siffler en lançant : « Vous êtes mignonne, mademoiselle ! » Elle rougit et inventa une histoire de fête où elle devait se rendre plus tard. Et tout à coup, elle se sentit ridicule. À quoi pensait-elle ? Elle n'était pas le genre de fille à qui ça allait. Heureusement, elle avait apporté un sweater. Elle l'enfila en vitesse.

Là-dessus, Ethan entra, un carton sous chaque bras. Surprise, Sarah se redressa et se passa une main dans les cheveux.

« Salut, Lemon-ade », fit-il avec un petit signe de tête.

Est-ce qu'elle lui plaisait comme ça ?

« Salut, Ethan », dit-elle d'un ton faussement désinvolte – et l'adrénaline la submergea à nouveau.

# 31

**Victor était assis à son bureau, feuilletant le dossier. Il se rappelait ce que Jed, l'homme de la cryogénisation, lui avait dit deux semaines plus tôt.**

« Pensez à la congélation comme au canot de sauvetage du futur – à une époque où la médecine aura fait de tels progrès que guérir votre maladie sera aussi simple que prendre un rendez-vous.

« Tout ce que vous avez à faire, c'est de monter dans le canot, vous endormir, et attendre les secours. »

Victor se massa le ventre. Être délivré de ce cancer. De la dialyse. Tout revivre. *Aussi simple que prendre un rendez-vous.*

Il se remémora le processus que Jed lui avait expliqué. Au moment où Victor serait déclaré mort, son corps serait recouvert de glace. Son sang continuerait d'être pompé pour éviter tout caillot. Ensuite, ses fluides corporels seraient remplacés par du cryoprotecteur – un antigel biologique – pour éviter que la glace se forme dans ses veines ; ce procédé était appelé « vitrification ». Le corps, dont la température s'abaisserait, serait placé dans un sac de couchage, puis dans une glacière contrôlée par ordinateur, puis dans un container où du nitrogène liquide serait introduit peu à peu.

Au bout de cinq jours, il serait installé dans son lieu de repos définitif, un réservoir géant en fibre de verre appelé un « cryostat » – également rempli de nitrogène liquide – tête la première, où il resterait en suspension pendant, eh bien, qui savait ?

Jusqu'à ce que son canot de sauvetage arrive au futur.

« Alors, mon cadavre restera ici ? avait demandé Victor.

— Nous ne disons pas *cadavre*, avait répondu Jed.

— Que dites-vous ?

— Patient. »

*Patient.*

C'était plus facile en y pensant ainsi. Victor était déjà un patient. Il serait un patient différent, rien de plus. Un patient patient. Comme s'il attendait les résultats d'un investissement à long terme ou subissait une négociation avec les Chinois, qui avaient toujours besoin de couches infinies de paperasses. Un patient. Grace n'était peut-être pas de cet avis, mais Victor pouvait se montrer patient quand il le fallait.

Il resterait congelé pendant des décennies, des siècles peut-être, mais il finirait par sortir, prêt à une nouvelle vie… le marché ne semblait pas mauvais.

Son temps sur Terre était presque écoulé.

Mais il pouvait en avoir encore.

Il composa un numéro de téléphone.

« Oui, Jed, c'est Victor Delamonte. Quand pouvez-vous passer à mon bureau ? »

# 32

**Au cours des innombrables siècles qu'il avait passés dans la caverne, Dor avait essayé toutes les formes d'évasion possibles.**

Et voici qu'il se tenait là, le sablier dans les bras, au bord du bassin. Il savait que c'était son seul moyen de revenir.

Était-ce vraiment terminé ? se demanda-t-il. Ce purgatoire sans fin ? Quel monde l'attendait, à présent ? Le Père du Temps n'avait aucune idée de la durée de son absence.

Il pensa à ce que le vieil homme lui avait dit. *Écoute leur souffrance.* Il baissa les yeux sur la surface miroitante, ferma les paupières et entendit deux voix s'élever au-dessus du tumulte, un homme âgé et une femme jeune.

*« Encore une vie. »*

*« Arrête-le. »*

Soudain, une rafale de vent rugit dans la caverne dont les murs s'éclairèrent, comme éclaboussés du soleil de midi. Dor serra le sablier contre sa poitrine, fit un pas en arrière, et sauta dans les airs au-dessus du bassin, en murmurant le seul mot qui l'ait jamais vraiment réconforté.

« Alli. »

Et il tomba comme une pierre.

**Dor fendit les airs dans sa chute.**

La tête en bas, agitant les jambes, il réussit à retrouver son équilibre et sombra rapidement dans un brouillard phosphorescent, plein de lumière et de couleurs. Il entrevit des corps et des visages, les hommes projetés de la tour de Nim ; mais eux montaient et lui descendait. Il serra de plus belle son sablier et s'enfonça dans une lumière encore plus vive et colorée ; le vent écorchait sa peau comme les lames d'un râteau, et il eut l'impression d'être déchiqueté par sa simple vitesse. Il chuta, traversant un froid vif puis une chaleur torride, des trombes d'eau et des tempêtes de neige, puis du sable, du sable, du sable qui le mitraillait et le fouettait, l'enveloppant en un tourbillon avant de le déposer comme le sable se déposait dans son sablier – tout droit jusqu'à l'arrêt.

Le sable disparut.

Il sentit qu'il était suspendu à quelque chose.

Dans le lointain, il entendit de la musique et des rires. Il était revenu sur Terre.

# LA TERRE

# 33

**Lorraine avait besoin de cigarettes.**

Elle s'arrêta dans un centre commercial et passa devant un salon d'esthétique. Elle se rappela qu'elle y avait emmené Sarah, une fois, quand elle avait onze ans.

« Je peux avoir le rouge rubis ? avait demandé Sarah.

— Bien sûr. Et tes orteils ?

— Je peux les faire, aussi ?

— Pourquoi pas ? »

Lorraine avait contemplé l'émerveillement sur le visage de sa fille, tandis qu'on plaçait ses pieds dans un petit bassin. Elle se rendait compte que sa fille n'était guère gâtée, avec sa mère qui travaillait et son père qui rentrait toujours tard. Sarah s'était tournée vers sa mère, rayonnante, et lui avait dit : « Je veux la même couleur d'orteils que toi, maman. » Lorraine s'était juré de renouveler ce genre d'excursion.

Ce ne fut jamais le cas. Le divorce changea tout. Lorraine passa devant la vitrine du salon et vit de nombreux fauteuils vides – mais elle savait qu'à présent Sarah préférerait se faire arrêter que s'asseoir à côté de sa mère le temps d'une manucure.

**Grace avait besoin de faire les courses.**

Elle aurait pu écrire une liste et envoyer quelqu'un du personnel. « Tu n'as pas besoin de faire les corvées », lui répétait Victor. Mais, au fil du temps, Grace comprit que ces tâches, qui engloutissaient les journées de bien des gens, ne laissaient qu'un vide dans les siennes. Peu à peu, elle s'en occupa de nouveau.

Elle remonta les allées du supermarché, prenant du céleri, des tomates et des concombres. Ces derniers mois, elle s'était remise à cuisiner pour préparer des repas sains à Victor – rien de précuisiné, tout bio – dans l'espoir que ce régime amélioré lui permettrait de gagner du temps. C'était un petit geste, elle le savait, un acte dérisoire. Il ne lui restait plus que l'espoir.

« Une bonne salade pour ce soir », se dit-elle. Pourtant, en passant devant un congélateur, elle prit un demi-litre de glace au chocolat à la menthe. La préférée de Victor. S'il voulait ce petit plaisir, il pourrait aussi l'avoir.

# 34

**C'étaient les fêtes de décembre dans une petite ville espagnole.**

Des musiciens des rues se réunissaient sur l'esplanade, au milieu des tables recouvertes de tapas de crevettes, d'anchois et de pommes de terre. Au centre de la place coulait une fontaine, avec des pièces lancées par des amoureux pleins d'espoir. Des visiteurs assis au bord laissaient pendre leurs pieds dans l'eau.

Juste à côté, un mannequin de papier mâché grandeur nature était accroché à un panneau de contreplaqué. Il représentait un homme barbu tenant un sablier. « EL TIEMPO », disait une pancarte. LE TEMPS. En dessous se trouvait une batte de plastique jaune.

Toutes les cinq minutes, quelqu'un passait et donnait un coup de batte au mannequin. C'était la tradition. On chassait l'année passée, on accueillait la nouvelle. Les passants criaient « Ouais ! Ouais ! », riaient et portaient des toasts.

Un petit garçon échappa à sa mère et courut au mannequin. Il leva la batte et regarda sa mère, attendant son approbation.

« Vas-y, vas-y », lui cria-t-elle.

À cet instant précis, le soleil sortit de derrière un nuage et une lueur étrange baigna tout le village. Un tourbillon de sable traversa la place. Le petit garçon n'y prêta aucune attention et frappa le mannequin de toutes ses forces.

*Paf !*

Les yeux du mannequin s'ouvrirent.

Le petit garçon hurla.

**Dor, accroché à un panneau de contreplaqué, sentit une douleur dans ses côtes.**

Il ouvrit les yeux.

Un petit garçon hurla.

Le hurlement fit sursauter Dor, à tel point qu'il tomba en arrière et déchira ses vêtements sur les deux clous d'où il pendait. Il tomba par terre, lâchant son sablier.

Le hurlement du petit garçon s'arrêta tout à coup. Plus exactement, il resta suspendu dans les airs, comme une longue note à la trompette. Dor se leva d'un bond. Autour de lui, le monde s'était ralenti tel un rêve. Le visage du petit garçon était figé en plein cri, la batte jaune brandie dans les airs. Autour de la fontaine, les gens tendaient le bras mais sans bouger.

Dor ramassa le sablier.

Puis il courut.

**Au début, il courut aussi vite que possible,**

tête baissée, espérant que personne ne le remarquerait. Mais il était le seul être mobile. Le monde entier s'était figé. Plus un souffle de vent. Aucune agitation dans les branches. Les gens paraissaient congelés – un homme promenant un chien, un groupe d'amis assis à une terrasse, un verre à la main.

Dor ralentit. Il regarda autour de lui. Pour nous, il se trouvait dans un petit village espagnol, mais pour lui, il y avait davantage de gens et de maisons qu'il en avait vu de toute sa vie.

*Ici se trouvent tous les moments de l'univers*, avait dit le vieil homme. Dor observa le sable dans le sablier. Lui aussi s'était quasiment arrêté ; seul quelques grains tombaient, comme si quelqu'un en avait arrêté le flux.

**Dor marcha pendant des kilomètres, son sablier à la main. Le soleil bougeait à peine dans le ciel.**

Son ombre le suivait, mais toutes les autres semblaient peintes sur le sol. Quand il arriva dans des lieux plus déserts, il grimpa sur une colline et s'assit. Il repensa alors à Alli, et eut la nostalgie de son ancien monde – les plaines vides, les maisons en briques de terre, et même le silence. Dans ce monde, il entendait un bourdonnement constant, comme des centaines de sons compactés en une seule note. Il ne savait pas encore que c'était le bruit d'un instant ralenti.

En contrebas, Dor vit une route, droite et couleur charbon, avec une bande blanche au milieu. Il se demanda combien d'esclaves il fallait pour créer une surface aussi lisse.

*Tu as essayé de contrôler le temps*, avait dit le vieil homme. *Pour ta pénitence, ton souhait t'est accordé.*

Dor pensa à son arrivée sur Terre, à sa chute. Il avait laissé tomber le sablier. C'est alors que tout avait changé.

*Peut-être que...*

Il tourna et retourna le sablier d'un geste sec.

Le sable se remit à couler. Le bourdonnement cessa. Il entendit un bruit rapide. Puis un autre. Il vit alors des voitures filer sur la route – seulement, Dor ignorait ce qu'était une voiture ; il s'imagina que c'étaient des bêtes sauvages d'une rapidité inimaginable. Il tourna vite le sablier.

Les voitures s'arrêtèrent net.

Le bourdonnement revint.

Dor écarquilla les yeux. Était-ce bien lui ? Lui qui avait quasiment arrêté le monde ? Il éprouva une telle sensation de puissance qu'il en frissonna.

# 35

**Ils étaient un peu gênés au début de la soirée, mais l'alcool avait changé la donne.**

Ethan avait apporté une bouteille de vodka. Sarah jouait la désinvolture. Elle but rapidement une gorgée, elle qui ne buvait jamais. Même une fille troisième de sa classe sait qu'il faut faire semblant d'avoir déjà pris de la vodka.

Ils étaient dans l'entrepôt de son oncle – c'était l'idée d'Ethan, car il ne s'était pas vraiment engagé pour la soirée jusqu'à 8 h 14, lorsqu'il avait envoyé un texto : « *Suis chez mon oncle si tu veux venir* ». Ils buvaient leur vodka dans des verres en plastique, en la mélangeant à du jus d'orange qu'Ethan avait pris sur une étagère. Assis par terre, ils se moquaient d'une émission stupide à la télé – ils s'étaient avoué qu'ils la regardaient tous les deux. Ethan aimait aussi les films d'action, en particulier la série des *Men in Black*, où les acteurs portaient un costume-cravate et des lunettes de soleil ; Sarah avait dit qu'elle aimait aussi ces films, même si en réalité elle ne les avait pas vus.

Elle avait gardé le même chemisier décolleté que le matin au foyer, en se disant qu'il devait bien l'aimer et, de fait, il y avait porté attention. À un moment donné, son téléphone sonna – pitié, c'était sa mère ! Elle fit la tête et Ethan lui dit : « Montre voir. » Il prit son appareil et programma une sonnerie spéciale, un solo suraigu de *heavy métal*, qui lui indiquerait que l'appel venait de sa mère.

« Quand tu l'entends, tu réponds pas, dit-il.

— Ah, ça c'est génial », gloussa Sarah.

Après ça, tout devint confus. Il proposa de lui masser le dos et Sarah accepta avec joie ; au contact de ses mains sur ses épaules, elle se sentit frissonner puis fondre. Elle essaya de parler, nerveusement, de dire qu'elle n'avait pas vraiment d'amis au lycée parce qu'ils semblaient tous si immatures, et il répondit ouais, pas mal d'entre eux étaient des minables, et elle dit qu'elle était stressée par l'entrée en fac, et il la massa plus en profondeur en disant qu'elle était assez futée pour aller n'importe où, ce qui la réconforta.

Puis le baiser. Elle ne l'oublierait jamais. Elle sentit son souffle sur sa nuque et se tourna à gauche, mais il se pencha à droite, elle se retourna vers lui et leurs visages faillirent se heurter – puis ça arriva. Comme ça. Sarah ferma les yeux et honnêtement, elle s'évanouit presque (sa mère utilisait le mot « se pâmer », et Sarah avait une vague idée que ce devait être ça), et il l'embrassa encore, plus fort, il l'attira à lui et l'étreignit, et elle se rappela avoir pensé : *Moi, il m'embrasse, moi, c'est moi qu'il veut !* Mais ce qui avait commencé doucement devint un peu brutal. Ses mains couraient partout sur elle, jusqu'à ce qu'elle recule nerveusement, gênée, essayant d'en rire.

Il lui resservit de la vodka-orange, et elle l'avala plus vite qu'elle aurait dû. Le reste de la soirée, elle se rappelait avoir ri et repoussé Ethan tandis qu'il l'attirait à lui et qu'ils s'embrassaient encore, puis Ethan devenait plus agressif, elle l'écartait, ils buvaient et cela recommençait.

« Allez, quoi, disait-il.

— Je sais, murmurait-elle. J'ai envie, mais... »

Finalement, il s'écarta d'elle et but encore de la vodka, jusqu'à s'assoupir contre le mur. Peu de temps après, ils rentrèrent tous les deux chez eux.

**Mais à présent elle se demandait,**

en mâchonnant sa tartine un lundi matin – 7 h 23 –, si elle avait fait ce qu'il fallait, ce qu'il ne fallait pas, ou ce qu'il ne fallait pas en faisant ce qu'il fallait. Elle était consciente qu'Ethan était mieux qu'elle physiquement et se demanda quelle « gratitude » elle était censée lui montrer en retour. Ils s'étaient embrassés – beaucoup – et il avait eu envie d'elle. Quelqu'un avait envie d'elle. C'était cela l'important. Elle revoyait sans cesse son visage. Elle se représentait leur prochaine rencontre. Enfin, un but dans sa vie terne et ordinaire.

Elle posa son assiette dans l'évier et ouvrit son ordinateur. Elle allait être en retard en classe – Sarah n'était jamais en retard en classe – mais Noël approchait et elle eut l'envie soudaine d'offrir un cadeau à Ethan. Il avait dit que les acteurs de *Men in Black* portaient des montres spéciales, avec une forme sympa. Peut-être qu'elle pourrait lui en acheter une. Ça lui plairait, non ? Un cadeau auquel elle seule aurait pensé ?

Sarah se dit que c'était une attention pour Ethan, rien d'autre. Noël, c'était Noël. Mais au fond de son cœur, le calcul était simple.

Elle achèterait un cadeau au garçon qu'elle aimait. Et il l'aimerait en retour.

## 36

**Peut-on disposer d'un temps infini pour apprendre ?**

Et si l'on pouvait arrêter une voiture en mouvement et l'étudier pendant des heures ? Ou se promener dans un musée en touchant tous les objets exposés, sans jamais être vu des gardiens ?

C'est ainsi que Dor explora notre monde. Grâce au pouvoir du sablier, il ralentit le temps selon ses besoins. Il ne pouvait jamais l'arrêter complètement – un train pouvait avancer de quelques centimètres pendant les quelques heures où il l'étudiait – mais il pouvait facilement maintenir les gens en place tandis qu'il circulait parmi eux, touchant leurs manteaux et leurs chaussures, essayant leurs lunettes, caressant les visages bien rasés des hommes, si différents de son époque, où les barbes longues étaient courantes. Ces gens ne se rappelleraient rien de lui, une infime étincelle dans leur champ de vision.

Dor explora ainsi la campagne espagnole, vivant plusieurs journées en un instant, découvrant les quartiers, les cafés, les boutiques. Il trouva des vêtements adaptés à sa silhouette (il préférait ceux à enfiler, les boutons et fermetures éclair le laissaient perplexe) et, une fois, il entra dans un petit bâtiment de briques portant l'enseigne « *SALÓN DE PELO* », un coiffeur. Il regarda dans une grande glace et poussa un cri.

C'est seulement qu'il comprit : il contemplait son propre reflet.

**Dor ne s'était pas vu depuis six mille ans.**

Il s'approcha du miroir, à côté d'un homme d'affaires assis dans un fauteuil pivotant et d'une employée qui fouillait un tiroir. Dor observa le reflet de l'homme – costume bleu, cravate marron, cheveux courts, noirs et luisants – puis il contempla sa silhouette dépenaillée. Malgré sa barbe énorme et ses cheveux en bataille, il semblait plus jeune que son voisin.

*Dans cette caverne, tu ne vieilliras pas d'un instant.*

*Je ne mérite pas un tel don.*

*Ce n'est pas un don.*

Dor recula d'un pas, s'accroupit derrière un comptoir et inclina le sablier.

La vie reprit. La coiffeuse prit les ciseaux dans le tiroir et dit quelque chose qui fit rire l'homme d'affaires. Elle passa un peigne sous ses cheveux et se mit au travail.

Dor l'épiait derrière le comptoir, fasciné par l'efficacité de ses gestes. Les ciseaux coupaient, les boucles de cheveux tombaient. Tout à coup, quelqu'un alluma une stéréo et le martèlement de la musique éclata. Dor se couvrit les oreilles. Il n'avait jamais rien entendu d'aussi bruyant.

Il leva les yeux et aperçut une grosse femme d'âge mûr, les cheveux dans des bigoudis, qui le regardait fixement :

*« ¿ Qué quiere ? »* hurla-t-elle.

Dor tourna son sablier et elle se figea presque complètement – comme tout le reste.

Il se leva, contourna la femme (qui avait la bouche encore ouverte) et se dirigea vers la coiffeuse. Il lui prit ses ciseaux et commença à couper six mille ans de barbe et de cheveux.

# 37

**« Je vous ai demandé de venir parce que je veux changer les règles. »**

Victor versa à Jed un verre d'eau glacée. Ils étaient assis face à face, à une longue table. Victor se déplaçait maintenant en fauteuil roulant, à contrecœur (il avait trop de difficulté à marcher). On avait poussé les meubles dans son bureau pour qu'il puisse manœuvrer facilement.

« Selon la loi, je dois être légalement décédé avant que le processus de congélation puisse commencer. Exact ?

— C'est exact, répondit Jed.

— Mais vous êtes d'accord – et c'est ce que dit la science : si la congélation commence avant que le cœur et le cerveau lâchent, les chances de conservation seront meilleures.

— En théorie… oui, dit Jed d'un air dubitatif.

— Je veux mettre cette théorie à l'épreuve, conclut Victor.

— M. Delamonte…

— Écoutez-moi. »

Victor expliqua son plan. Seule la dialyse le maintenait en vie. L'imposante machine qui nettoyait son sang et en enlevait les toxines. S'il arrêtait le traitement, il mourrait en peu de temps. Quelques jours, peut-être. Une semaine ou deux au maximum.

« Dès l'instant où je mourrai, un médecin constatera la fin de mes fonctions vitales, l'administration confirmera mon décès, et la congélation débutera, n'est-ce pas ?

— Oui, dit Jed, mais…

— Je sais. Nous devrons tous nous trouver dans vos locaux à ce moment-là.

— Exact.

— Ou *avant.*

— Je ne vous suis pas.

— *Avant* mon décès… (Victor laissa son interlocuteur assimiler ses propos). Pour déclarer *qu'il a déjà eu lieu.*

— Mais pour faire ça, ils devraient… »

Jed s'arrêta. Victor se dit qu'il commençait à comprendre.

« Quand on a beaucoup d'argent, expliqua Victor, on peut persuader les gens de faire certaines choses. Personne ne le saura. »

Jed resta silencieux.

« J'ai vu vos locaux, reprit Victor. Ils sont franchement – ne le prenez pas mal… – dépouillés, non ?

Jed haussa les épaules.

« Vous auriez bien besoin de quelques millions de dollars, non ? Une donation d'un client satisfait ? »

Jed déglutit.

« Écoutez, dit Victor d'un air plus amical. Je suis déjà près de mourir. Quelle différence peuvent faire quelques heures ? Et puis, soyons honnêtes : vous n'aimeriez pas avoir de meilleures chances de succès ?

— Si…

— Moi aussi. »

Victor roula vers son bureau et ouvrit un tiroir.

« J'ai fait rédiger ça par les gars de mon service juridique, dit-il en montrant une enveloppe. J'espère que ça vous aidera à prendre votre décision. »

# 38

**Avec ses cheveux coupés et ses habits modernes, Dor semblait désormais appartenir à notre époque,**

et il étudia le monde, manipulant le sablier pour obtenir des interactions en temps réel. Il s'en servit surtout pour quelques étapes élémentaires – comme l'apprentissage de l'alphabet, ce qu'il fit au fond d'une classe pour adultes. De l'alphabet il passa à l'orthographe, de l'orthographe aux phrases et, comme Père Temps pouvait déjà comprendre toutes les langues sur Terre, son esprit fit le reste.

Dès qu'il sut lire, il eut toutes les connaissances à portée de main.

Il se plongea dans une bibliothèque de Madrid, lisant plus du tiers de ses volumes. Il lut de l'histoire et de la littérature, étudia des cartes et de grands livres de photos. Le sablier tourné, cela ne lui prit que quelques minutes – en temps réel, des décennies se seraient écoulées.

Lorsqu'il sortit de la bibliothèque, Dor retourna

le sablier pour regarder la nuit tomber. Il observa, émerveillé, l'électricité qui prolongeait les heures de veille des hommes. Dor n'avait connu que le feu et les lampes à huile. À présent, l'éclairage public baignait les villes de lumière, et Dor passait dans des flaques de lumière blanc jaunâtre. Il resta là toute la nuit, totalement fasciné, à contempler les ampoules.

**Le matin, il arrêta encore une fois le soleil.**

Et il vagabonda dans les plaines espagnoles, longea le plus grand fleuve de France, traversa les forêts de Belgique et d'Allemagne. Il vit des ruines antiques et des stades modernes, explora des gratte-ciel, des églises, des centres commerciaux.

Partout où il allait, Dor cherchait des instruments mesurant le temps. Le vieil homme avait raison. Dor avait peut-être été le premier à compter le temps, mais l'humanité s'était emparée de ses concepts élémentaires de bâtons et de bols et les avait fait évoluer en une gamme infinie d'instruments.

Dor se familiarisa avec chacun d'eux. Dans un musée de la Hutterstrasse à Düsseldorf, il démonta toutes les horloges anciennes exposées, étudiant les ressorts et les engrenages, tandis que le gardien restait paralysé à deux mètres de là. Dans un marché aux puces de Francfort, il trouva un radio-réveil qui, lorsqu'on appuyait sur un bouton, faisait avancer ou revenir le temps. Dor appuya sur le bouton de retour en arrière, et observa le temps diminuer, mercredi, mardi, lundi ; comme ce serait bien s'il pouvait presser sur ce bouton jusqu'à ce qu'il retourne chez lui, pensa-t-il.

*Tu es le père du temps terrestre.*

Se pouvait-il vraiment qu'il soit responsable de tout

cela ? Dor pensa aux siècles qu'il avait dû supporter dans sa caverne. Il se demanda si tous ceux qui consultaient une horloge payaient ce prix.

**Finalement, Dor arriva sur la côte.**

Il parvint à un phare de Westerhever, en Allemagne. Il avait lu des livres sur les phares et la grande mer du Nord. Il retourna son sablier pour regarder les vagues se briser.

Sa connaissance du monde moderne était achevée. Dor avait passé un siècle à observer une seule journée.

Il écouta le vent. Il entendit ce qu'il lui fallait entendre.

*« Encore une vie. »*

*« Arrête-le. »*

Il s'avança dans l'eau calme.

Et se mit à nager.

## 39

**Dor traversa l'océan Atlantique à la nage. Cela lui prit une minute.**

Lorsqu'il quitta l'Allemagne, il était 7 h 02. Quand il atteignit Manhattan, il était presque six heures de moins. Techniquement, selon nos horloges, il avait nagé à rebrousse-temps.

En fendant l'eau – sans sentir le froid ni la fatigue – il laissa son esprit vagabonder dans tout ce qu'il avait vu, repensant aux proches de sa vie ancienne à qui il n'avait jamais dit au revoir, aux proches partis depuis des milliers d'années. Son père. Sa mère. Ses enfants. Sa femme bien-aimée.

*Achève ton voyage, et tu le sauras.*

Il se demanda quand cela arriverait. Il se demanda ce qu'il avait encore à apprendre. Mais surtout, tandis qu'il traversait l'océan brasse après brasse, il se demanda quand il mourrait, comme tout le monde.

**En touchant terre, Dor se hissa sur un débarcadère.**

Un docker mal rasé et coiffé d'une casquette l'aperçut.

« Hé, mon pote, qu'est-ce que… »

Il n'alla pas plus loin.

Dor tourna le sablier. Il leva les yeux vers l'immense alignement de gratte-ciel et comprit qu'il se trouvait dans l'endroit le plus étrange qu'il ait jamais vu.

**New York s'étendait devant lui, métropole inimaginable,**

même après tout ce que Dor avait vu en cent ans d'étude de l'Europe. Les immeubles étaient plus hauts, laissant entre eux à peine de quoi respirer. Et les gens. Quelle multitude ! Regroupés au coin des rues, grouillant devant les vitrines. Même avec la ville entière ralentie par son pouvoir, Dor avait du mal à se frayer un passage entre tous ces corps.

Il lui fallait des vêtements. Il prit donc un pantalon et un pull noir à col roulé dans une boutique nommée *Bravo !* Il trouva un manteau qui lui allait sur un cintre, dans un restaurant japonais.

Il déambula entre ces gratte-ciel colossaux, qui lui rappelaient la tour de Nim. Il se demanda si l'ambition des hommes avait une limite.

# LA VILLE

## 40

**Les aiguilles d'une horloge finissent toujours par revenir au point de départ.**

Ce fut vrai dès l'instant où Dor marqua sa première ombre.

Enfant assis dans le sable, il avait prédit que le lendemain contiendrait un moment semblable à celui d'aujourd'hui, et le jour suivant un moment semblable à celui du lendemain. Après Dor, chaque génération avait aiguisé ce concept, décomptant sa vie avec toujours plus de précision.

Des cadrans solaires furent installés au-dessus des portes. Des clepsydres géantes furent construites sur les places des villes. Les progrès mécaniques – les systèmes à poids, à foliot, les échappements à verge – permirent l'apparition de tours et d'horloges à balancier, puis de pendules portatives.

Puis un mathématicien français noua une ficelle à une montre, la mit à son poignet, et l'homme commença à porter le temps sur son corps.

La précision de ces instruments augmenta à une vitesse stupéfiante. Il fallut attendre le XVI^e^ siècle pour que l'aiguille des minutes soit inventée mais, au XVIIe, l'horloge à balancier était précise à une minute par jour près. Moins de cent ans plus tard, c'était à une seconde près.

Le temps devint une industrie. L'homme sépara le monde en fuseaux horaires, pour mieux organiser les transports. Les trains partaient à un moment précis ; les navires lançaient leurs moteurs pour arriver à l'heure.

Les gens se réveillaient au bruit d'une sonnerie. Les entreprises eurent des « heures de bureau ». Chaque usine était équipée d'une sirène. Même les salles de classe disposaient d'une pendule.

« Quelle heure est-il ? » devint l'une des questions les plus courantes, figurant en première page de tous les manuels de langue étrangère. *What time is it ? ¿ Que hora es ? Skol'ko syejchas vryemyeni ?*

Il n'est donc pas étonnant que Dor, le premier homme à avoir vraiment posé cette question, soit parvenu à la ville de son destin – où le vent portait les voix qui disaient *« Encore une vie »* et *« Arrête le temps »* – et qu'il se soit servi de ses connaissances pour trouver du travail dans le seul endroit où le temps l'entourerait toujours.

Chez un horloger.

Et il attendait que les deux aiguilles rejoignent leur point de départ.

# 41

**La limousine de Victor se faufilait dans Manhattan.**

Elle prit une rue pavée où se nichait une petite boutique, cachée dans un virage. Un store couleur fraise indiquait l'adresse, mais aucun nom ; sur la porte, on ne voyait qu'un soleil et une lune gravés.

« 143 Orchard Street », annonça le chauffeur.

Deux de ses collègues sortirent en premier pour installer Victor dans son fauteuil roulant. L'un d'eux lui tint la porte ouverte tandis que l'autre le poussait à l'intérieur. Il entendit les gonds grincer.

À l'intérieur, cela sentait le renfermé, comme si l'air avait été conservé d'une autre époque. Derrière le comptoir se tenait un homme pâle et âgé aux cheveux blancs, avec une veste à carreaux et une chemise bleue, des lunettes à monture de fer en équilibre sur son nez. Victor se dit qu'il devait être allemand. Après tous ses voyages, il avait un bon œil pour les nationalités.

« *Guten tag* », essaya-t-il.

L'homme sourit :

« Vous êtes d'Allemagne ?

— Non, j'ai juste deviné que vous l'étiez.

— Ah. Que pouvons-nous faire pour vous ? »

Victor s'approcha, observant les rayonnages. Il vit toutes sortes d'horloges – à balancier, de cheminée, de cuisine avec panneau ouvrant ; pendules de lampe, d'école, avec cloches et réveil, en forme de ballon ou de guitare, et même en forme de chat avec une queue pendule. Et ces balanciers ! Sur le mur, au plafond, en vitrine, ils allaient et venaient, tic, tac, comme si le magasin s'inclinait à gauche ou à droite à chaque seconde. Un coucou fit son apparition dans un bourdonnement mécanique, et chanta onze fois. Victor vit l'oiseau disparaître derrière sa petite porte.

« Je veux votre plus ancienne montre à gousset », dit Victor.

Le propriétaire du magasin plissa les lèvres.

« Budget ?

— Aucune importance.

— Très bien… un moment. »

**Il partit au fond du magasin et marmonna quelques mots à quelqu'un.**

Victor attendit. On était en décembre, quelques semaines avant son dernier Noël, et il avait décidé de s'acheter une montre. Il demanderait aux cryogéniseurs de l'arrêter à l'instant où il serait congelé ; lorsqu'il atteindrait le nouveau monde, il la remonterait. Il aimait ces gestes symboliques. De toute façon, c'était un bon investissement. Un objet ancien de ce genre vaudrait bien davantage dans quelques siècles.

« Mon apprenti va s'occuper de vous », dit l'horloger.

Un homme sortit de l'arrière-boutique. Il devait avoir une trentaine d'années, se dit Victor, mince et musclé, avec des cheveux noirs ébouriffés et mal coupés. Il portait un polo noir. Victor essaya de deviner sa nationalité. Il avait des pommettes marquées. Un nez un peu aplati. Moyen-Orient ? Grèce, peut-être ?

« Je voudrais votre plus ancienne montre à gousset. »

L'homme ferma les yeux, l'air concentré. Victor, qui n'avait jamais été patient, jeta un œil à son patron, qui haussa légèrement les épaules :

« Il est très compétent, chuchota-t-il.

— Bien, on ne va pas y passer la vie, dit Victor, avant d'ajouter, amusé : Ou encore une vie. »

*Encore une vie.*

L'apprenti ouvrit soudain les yeux.

# 42

**La semaine suivante, au foyer, Ethan s'était montré moins intéressé.**

Ce pouvait être pour n'importe quelle raison, se dit Sarah. Peut-être était-il fatigué. Pour plaisanter, elle lui avait offert un paquet de biscuits entouré d'un petit nœud rouge. Elle espérait secrètement qu'il l'embrasse. Mais en le voyant, Ethan sourit à peine et lâcha : « Très bien, merci. »

Elle n'avait pas fait allusion à la soirée qu'ils avaient passée ensemble, parce qu'elle ne savait pas quoi dire. Elle était gênée d'admettre qu'à cause de l'alcool, elle ne se rappelait pas tous les détails (elle, Sarah Lemon, qui avait autrefois mémorisé des strophes entières de Shakespeare en cours d'anglais) ; d'ailleurs, elle pensait que moins ils évoqueraient ce moment, mieux ce serait.

Elle parla donc de ce qui les intéressait tous les deux – comme ils l'avaient fait avant de passer à l'intimité physique. Mais quelque chose n'allait pas. Quel que soit le sujet abordé, Ethan se contentait d'une réponse laconiquc.

« Qu'est-ce qui ne va pas ? finit-elle par demander.
— Rien.
— Tu es sûr ?
— Je suis crevé, c'est tout. »

Ils reprirent le déballage des cartons en silence. Sarah finit par lâcher : « Elle était bonne, la vodka » mais sa voix sonnait aussi faux que sa phrase. Ethan sourit et répondit : « Quand tu bois, t'es le roi » et Sarah rit, mais trop fort.

En partant, Ethan lui fit un petit salut : « À la semaine prochaine. » Elle espérait qu'il ajouterait « Lemon-ade » – elle voulait de toutes ses forces qu'il le dise – et tout à coup, elle s'entendit prononcer le mot « Lemon-ade ». *Oh, mon Dieu, je viens vraiment de dire ça ?*

« Ouais, Lemon-ade », répéta Ethan. Il sortit.

Cet après-midi, sans dire un mot à sa mère, Sarah retira de l'argent sur son compte et prit le train pour New York. Une heure de trajet pour acheter la montre spéciale d'Ethan.

Parfois, quand on n'a pas l'amour que l'on veut, on croit l'obtenir grâce à un cadeau.

## 43

**Victor dut reconnaître que l'apprenti s'y connaissait.**

Il avait trouvé une montre à gousset fabriquée en 1784, en or à dix-huit carats, avec un boîtier peint qui représentait trois personnes sous les étoiles – le père, la mère et l'enfant. Le cadran blanc émaillé portait des chiffres romains en relief. Les aiguilles étaient en argent. La mécanique était un système ancien, à verge et fusée. Elle sonnait même discrètement l'heure. Pour son âge, l'objet était en excellent état.

Par coïncidence, il avait été fabriqué en France.

« C'est là que je suis né, dit Victor.

— Je sais, répondit l'apprenti.

— Comment le sauriez-vous ?

— Votre voix… »

Sa voix ? Victor n'avait pas d'accent. Il y réfléchit puis oublia. Il s'intéressait davantage à la montre, qui tenait parfaitement au creux de la main.

« Je peux l'emporter ? »

L'apprenti interrogea son patron du regard.

« Il nous faut quelques jours pour nous assurer

qu'elle fonctionne bien, dit celui-ci. C'est un modèle très ancien, rappelez-vous. »

**Assis à l'arrière de sa limousine, Victor se rendit compte qu'ils ne lui avaient pas dit le prix de la montre.**

Non que cela fût important. Cela faisait longtemps que Victor n'avait pas demandé le prix de quoi que ce fût.

Il avala plusieurs comprimés et but le fond d'une limonade.

Il éprouvait une douleur lancinante dans le ventre et les reins, comme c'était le cas depuis plusieurs mois. Mais face à sa peur de manquer de temps, il réagissait comme à l'accoutumée : avec méthode.

Il jeta un œil à sa montre. Cet après-midi, il consulterait son équipe de juristes. Puis, il relirait le dossier de cryogénisation. Enfin, il rentrerait chez lui, voir Grace, qui l'attendrait avec encore un de ses repas « sains » – des légumes insipides, sans doute. C'était typique du fossé qui les séparait, se dit Victor. Elle essayait de prolonger les quelques jours qui lui restaient, tandis que lui envisageait le siècle prochain.

Il repensa encore à la montre ancienne, à cette sensation de perfection qu'il ressentait quand il l'avait en main. Il était étonné que cet achat lui ait insufflé une telle énergie, même si c'était encore une démarche dont il ne pouvait parler à Grace.

# 44

**Le journal télévisé parlait de la fin du monde.**

Sarah se rapprocha de l'écran installé dans le hall de la gare. L'homme expliquait comment, selon le calendrier maya, le monde devait connaître sa fin la semaine suivante. Certains prédisaient un éveil spirituel. D'autres voyaient la collision de la Terre avec un trou noir. En divers endroits du monde, des gens se réunissaient dans des églises, sur des places, dans des champs, près de l'océan, attendant la fin de leur existence.

Elle eut envie d'en parler à Ethan. Elle avait envie de parler de tout à Ethan. Elle sortit son téléphone et lui envoya un texto :

*« T'as entendu ke mardi c'est la fin du monde ? »*

Elle l'envoya et attendit. Pas de réponse. Il avait sans doute coupé son téléphone. Ou il était au fond de sa poche.

Elle monta dans le train, l'essentiel de ses économies dans son sac – sept cent cinquante-cinq dollars – et se demanda combien coûterait une montre de cinéma.

## 45

**C'était le week-end, mais les bureaux de Victor bourdonnaient d'activité.**

Dans son entreprise, on disait souvent : « Si tu ne viens pas le samedi, pas la peine de venir le dimanche. »

Victor, poussé dans le hall par Roger, salua plusieurs employés. Roger, grand et pâle, avec des bajoues de bouledogue, était presque toujours à ses côtés. D'une loyauté sans faille, il obéissait toujours aux ordres, et Victor l'en récompensait généreusement.

« Bonjour », grommela Victor à l'attention des cinq avocats réunis autour d'une longue table rectangulaire dans la salle de réunion. Le soleil d'hiver projetait ses rayons derrière les stores.

« Alors. Où en sommes-nous ? »

Un avocat poussa vers lui une pile de papiers.

« C'est incroyablement compliqué, Victor, dit-il. Nous ne pouvons rédiger des documents qu'en nous basant sur les textes actuels.

— Que des lois ultérieures pourraient rendre obsolètes, ajouta un deuxième.

— On ne peut pas se protéger de tout, dit un troisième.

— Tout dépend de la durée prévue », précisa le premier.

**« Normalement, vos biens devraient revenir à Grace », dit le quatrième avocat.**

Victor repensa à elle. Elle ne savait rien de ses projets. Il éprouva une culpabilité soudaine.

« Continuez, lâcha-t-il.

— Mais dans ce cas, elle contrôlera tout. Et quand elle aura disparu, pour vous rendre vos biens, eh bien, le droit est assez flou sur la possibilité de laisser des biens à une personne qui est déjà, techniquement… »

Tout le monde détourna les yeux.

« Morte ? » compléta Victor.

« Il vaut mieux établir certaines bases tout de suite, des assurances, un fonds spécial…

— … un fonds familial, intervint le premier avocat.

— C'est cela, confirma son collègue. Comme celui qu'on laisse pour les études des arrière-petits-enfants. Ainsi, l'argent pourra vous revenir quand vous serez… quel est le terme exact ?

— Rendu à la vie ?

— Oui, rendu à la vie. »

Victor hocha la tête. Il pensait encore à Grace, à la somme qu'il lui laisserait. Elle avait toujours dit qu'elle ne l'avait pas épousé pour son argent. Pourtant, de quoi est-ce que cela aurait l'air, s'il ne lui laissait pas assez pour subvenir à ses besoins – et plus encore ?

« Monsieur Delamonte, intervint le troisième avocat, quand prévoyez-vous de… euh… »

Victor grogna. Tout le monde avait bien du mal avec ce mot.

« Je serai parti d'ici la fin de l'année, dit-il. C'est à notre avantage, non ? »

Les avocats se consultèrent du regard.

« Cela faciliterait les démarches administratives, dit l'un d'eux.

— Au 31 décembre, alors, annonça Victor.

— Cela ne fait pas beaucoup de temps », protesta un autre.

Victor fit avancer son fauteuil jusqu'à la fenêtre, contemplant le haut des immeubles.

« C'est exact. Je n'ai pas beaucoup de temps… »

Il se pencha, incrédule. Là, juste en face, un homme était assis au sommet d'un gratte-ciel, les jambes pendant dans le vide. Il berçait quelque chose dans ses bras.

« Qu'est-ce qu'il y a ? demanda un avocat.

— Un fou suicidaire », répondit Victor.

Il n'arrivait pourtant pas à détourner son regard. Ce n'était pas par crainte que l'homme tombe. C'était qu'il semblait regarder droit dans sa direction.

« Voulez-vous que nous commencions par le portefeuille des matières premières ? demanda un avocat.

— Hein ? Ah, oui. »

Victor baissa le store et revint à ses affaires, afin de savoir combien d'argent il emporterait à sa mort.

# 46

**Sarah se tenait devant le magasin d'horlogerie. Elle regardait le Soleil et la Lune gravés sur la porte.**

Ce devait être l'endroit, même si elle ne voyait aucun nom sur la devanture.

Elle poussa une porte grinçante et eut l'impression d'entrer dans un musée. *Oh, mon Dieu, ils ne l'auront pas*, pensa-t-elle. *Regardez-moi tous ces vieux trucs.*

« Puis-je vous aider ? »

Le marchand lui rappela un professeur de chimie qu'elle avait eu en seconde, avec ses cheveux blancs et ses lunettes étroites. Il portait des vestes, lui aussi.

« Est-ce que vous avez… non, sans doute pas, mais bon… euh, une montre, je crois… Je ne sais même pas si on la fabrique, d'ailleurs, mais… »

Le vieil homme leva la main.

« Je vais appeler quelqu'un qui saura », dit-il.

Il revint de l'arrière-boutique avec un type à l'air sérieux, des cheveux bruns ébouriffés et un polo noir. Plutôt pas mal, pensa Sarah.

« Bonjour », dit-elle.

Il lui fit un signe de tête.

« C'est une montre de film. Vous ne l'avez sans doute pas... »

**Dix minutes plus tard, elle expliquait encore.**

Pas tant la montre, mais Ethan, et pourquoi elle pensait que cela ferait un bon cadeau. Le type derrière le comptoir la mettait à l'aise ; il l'écoutait avec une patience qui donnait l'impression qu'il avait tout son temps (son patron devait être du genre coulant, se dit Sarah), et comme elle n'avait pas parlé d'Ethan à sa mère, et qu'elle ne pouvait se confier à personne au lycée (Ethan n'en avait parlé à personne, et elle l'avait imité), c'était un soulagement, presque un plaisir, de parler de sa relation à quelqu'un.

« Parfois, il ne dit pas grand-chose, expliqua Sarah, et il ne répond pas toujours à mes textos. »

L'homme l'écoutait en hochant la tête.

« Mais je sais qu'il aime ce film. Et la montre était en forme de triangle, je crois ? Je veux lui faire une surprise. »

L'homme l'écoutait toujours. Un coucou sonna. Il était cinq heures.

« Ooooh, arrêtez, gémit Sarah en se bouchant les oreilles. Arrêtez-le. »

L'homme la regarda comme si elle était en danger.

« Quoi ? » demanda Sarah.

Le coucou rentra dans l'horloge.

*Arrêtez-le.*

**Il y eut un silence gêné.**

« Euh... reprit Sarah. Si vous m'en montrez quelques-unes, peut-être que je pourrai vous dire si c'est la bonne ?

— Bonne idée », intervint le propriétaire du magasin.

Son apprenti retourna dans l'arrière-boutique. Sarah pianotait nerveusement sur le comptoir. Elle aperçut une vitrine à bijoux ouverte à côté de la caisse, avec une vieille montre peinte. Elle avait l'air chère.

L'apprenti réapparut, tenant une boîte avec une photo du film *Men in Black*.

« Oh, mon Dieu, vous l'avez ? » glapit Sarah.

Il lui tendit la boîte et elle l'ouvrit, découvrant une montre noire élégante en forme de triangle.

« Oui ! Comme je suis contente ! »

L'homme inclina la tête :

« Alors, pourquoi êtes-vous si triste ?

— Hein ? (Sarah plissa les yeux). Qu'est-ce que vous voulez dire ? »

Elle se tourna vers le patron, qui semblait gêné.

« Il est très bon dans son travail », murmura-t-il sur un ton d'excuse.

Sarah essaya d'oublier la question. Qui avait dit qu'elle était triste ? Ses sentiments ne le regardaient pas.

Elle jeta un œil au prix indiqué sur la boîte. Deux cent quarante-neuf dollars. Elle se sentit soudain mal à l'aise et voulut s'en aller.

« C'est bon, je l'achète », dit-elle.

L'homme la regarda avec compassion.

« Ethan, dit-il.

— Oui ?

— C'est votre mari ?

— Hein ? s'écria Sarah. (Elle sourit). Non ! Enfin quoi, je suis en dernière année *au lycée.* »

Elle se passa la main dans les cheveux, soudain d'humeur joyeuse.

« Enfin, on pourrait se marier un jour, j'imagine. Mais pour l'instant, c'est juste… mon petit ami. »

Elle n'avait jamais utilisé ce mot avant et se sentit un peu gênée, comme si elle sortait en minijupe d'une cabine d'essayage. Mais l'homme sourit aussi, et elle lui pardonna son commentaire bizarre sur sa tristesse – parce que ce mot de « petit ami » lui allait très bien, et qu'elle voulait le réessayer.

# 47

**Tous les soirs, quand le soleil se couchait sur New York, Dor montait en haut des gratte-ciel et s'asseyait au bord du vide.**

Il tournait le sablier et maintenait la métropole au ralenti, réduisant le bruit de la circulation à un bourdonnement. Sous le ciel assombri, derrière les innombrables tours, il imaginait Alli à ses côtés, comme lorsqu'ils s'asseyaient pour contempler la fin du jour. Dor n'avait besoin ni de sommeil ni de nourriture. Il semblait suivre un schéma temporel totalement différent. Pourtant, ses pensées étaient toujours les mêmes et, lorsqu'il laissait enfin l'obscurité tomber, il se représentait Alli portant son voile, et le quartier de Lune, le soir de leur union.

*Elle est ma femme.*

Elle lui manquait terriblement, même après tout ce temps. Il aurait aimé lui raconter son voyage mystérieux, lui demander quel sort l'attendait à la fin. Il avait trouvé les deux personnes qu'il avait été envoyé chercher sur Terre – ou c'étaient ces personnes qui l'avaient trouvé – mais il ne comprenait toujours pas pourquoi un homme en fauteuil roulant et une jeune fille enamourée se distinguaient de la masse.

**Il approcha le sablier de son visage pour voir les symboles qu'il avait gravés pendant son purgatoire,**

les symboles qui s'étaient décollés des murs pour graver l'anneau, entre les deux parties du sablier. Avec son pouvoir sur le temps, Dor aurait pu prendre tout ce qu'il désirait dans ce monde nouveau. Mais un homme qui peut tout prendre ne trouve guère de satisfaction. Et un homme sans souvenirs n'est qu'une coquille vide.

Ainsi donc, seul sur les hauteurs, dominant la ville, Père Temps se raccrochait au seul bien qui lui importait, le sablier contenant son histoire. Et une fois encore, il récita sa vie à voix haute :

« À ce moment-là, on courait sur la colline… Alli jette une pierre… Et ce jour est celui de notre mariage… »

# 48

**Victor regarda les deux aiguilles en soupirant.**

Il était sous dialyse depuis presque un an. Il détestait un peu plus chaque nouvelle séance. Depuis le jour où on lui avait fait une greffe de peau, avec un tube d'un centimètre qui sortait de son bras, il s'était senti pris au piège, comme un animal dans un filet. Trois fois par semaine. Quatre heures par séance. Toujours la même routine ennuyeuse. Regarder son sang entrer et sortir.

Il avait renâclé à cette idée, renâclé à l'idée de la greffe, et refusé de suivre son traitement en compagnie d'autres patients, même si Grace était d'accord avec le médecin pour qui cela « aidait de parler avec des gens qui connaissent les mêmes difficultés ». Pour Victor, ce n'était pas le cas : eux resteraient en vie quelques mois ou quelques années de plus, lui prévoyait une nouvelle vie.

Victor s'était payé une équipe soignante et une suite privée – équipée d'ordinateurs et d'outils de divertissement. Roger à ses côtés, il mettait à profit ces quatre heures pour travailler, avec un clavier sans fil sur le lit et son BlackBerry sur la table, connecté par oreillette.

Une infirmière entra avec un porte-documents.

« Comment allons-nous, aujourd'hui ? » demanda-t-elle à Victor.

Elle était rousse, trop grosse, avec un uniforme qui la serrait au buste et à la taille.

« En pleine forme, marmonna-t-il.

— Bien. »

Fatigué, il se laissa aller à ses pensées. Encore une semaine à supporter, se dit-il. Ensuite, il serait libre et pourrait embarquer sur le bateau pour le nouveau monde, juste avant le nouvel an.

Il cligna des yeux : dans le fond, il avait vu une ombre de la taille d'un homme. Il regarda à nouveau : l'ombre avait disparu.

**L'ombre était Dor.**

Il avait exploré le bâtiment sans être vu, selon son habitude – se promenant parmi les machines et le personnel, essayant de comprendre ce processus qui, malgré ses observations prolongées, lui échappait toujours. Cet endroit semblait guérir les malades. Cela, il le comprenait. Et il ressentait une impression familière de tristesse lorsqu'il observait la médecine moderne. Alli était morte seule, sur une couverture, dans les hautes plaines. Si elle avait appartenu à cette génération, n'aurait-elle pas vécu une longue vie ?

Il se demanda s'il était juste que le jour de notre mort dépende à ce point de l'époque où nous sommes nés.

Dor étudia la grande machine dans la suite privée, observant la circulation du sang hors du corps. Il s'approcha de Victor, assis dans le fauteuil, avec une oreillette. Celui dont il devrait prendre en charge le destin avant de connaître le sien.

Quel âge avait ce Victor qui, comme Nim, semblait être mieux traité que les autres gens ? À en juger par ses rides, ses cheveux clairsemés et les taches de vieillesse sur ses bras, il semblait déjà avoir joui d'une longue vie. Pourtant, Dor remarqua l'expression de Victor : ses sourcils froncés, sa bouche triste.

Un malade pouvait sembler apeuré – ou même reconnaissant – mais celui-ci semblait… *en colère.*

Ou mieux…

Impatient.

# 49

**À présent que Sarah avait le cadeau d'Ethan, elle n'avait plus qu'à trouver le moment et le lieu pour le lui donner.**

Elle n'arrêtait pas de lui envoyer des textos, mais il ne répondait pas. Peut-être que son téléphone était en panne. Mais comment le joindre autrement ? Il ne restait plus que quelques jours de classe avant les vacances de Noël. Le retrouver dans les couloirs bondés ? Elle avait peu de chances. D'ailleurs, au lycée, elle imitait Ethan : elle ne lui parlait jamais. Leur relation était leur petit secret.

Elle savait qu'après les cours, il avait entraînement d'athlétisme. Elle décida donc d'attendre devant le gymnase et de « tomber sur lui » par hasard. Dans le hall, son paquet cadeau à la main, elle détourna les yeux au passage des autres élèves – les filles « trop belles » dans leurs vêtements de marque ; les sportifs massifs au corps sculpté ; les branchés avec leurs lunettes épaisses et leurs chapeaux bizarres ; les jeunes torturés au visage maussade, avec T-shirts noirs et clous dans les oreilles. Elle côtoyait certains d'entre eux depuis quatre ans sans jamais avoir échangé un mot avec eux. Telle était la règle au lycée : un verdict était rendu, et il fallait se comporter en conséquence. Le verdict concernant Sarah Lemon était qu'elle était trop intelligente, trop grosse, trop bizarre – et donc peu d'élèves prenaient la peine de lui parler. Elle comptait les mois avant la remise du diplôme – jusqu'à l'arrivée d'Ethan. Ethan, l'incroyable Ethan, qui avait osé remettre ce verdict en question. Il voulait bien d'elle. Quelqu'un voulait d'elle. Elle se sentait si adulte à présent, en l'ayant comme petit ami. Elle avait envie de le crier sur les toits.

Elle aperçut deux filles qu'elle connaissait depuis l'école primaire, Eva et Ashley. Elles se dirigeaient vers elle, vêtues de hauts à rayures ajustés et de jeans moulants dans lesquels Sarah n'aurait jamais pu entrer. Elle leur jeta un regard puis baissa aussitôt les yeux, criant dans sa tête : *Devinez qui j'attends ?* Soudain son téléphone sonna – le son strident de la guitare *heavy métal*, la sonnerie qui indiquait sa mère – et Sarah l'arrêta aussitôt. Elle entendit Eva et Ashley qui riaient.

Elle se sentit soudain gênée de se trouver là. Elle glissa le cadeau d'Ethan dans sa poche et sortit. S'ils se croisaient, il ne croirait jamais que c'était par hasard, de toute façon, et elle n'aurait d'autre explication que la vérité : elle en était arrivée à lui courir après, au sens propre.

Une fois sortie du gymnase, elle lui envoya un nouveau texto.

# 50

**Victor fit rouler son fauteuil jusqu'à son bureau et ferma la porte derrière lui. Ce fut seulement à cet instant qu'il aperçut l'apprenti de l'horloger, qui l'attendait dans un coin.**

« Comment êtes-vous entré ? demanda Victor.

— Votre montre est prête.

— C'est ma secrétaire qui vous a fait entrer ?

— Je voulais vous l'apporter. »

Victor se gratta la tête, perplexe.

« Faites voir. »

L'apprenti fouilla dans son sac. « Quel type étrange, se dit Victor. S'il travaillait pour moi, il serait au labo, ce serait l'un de ces scientifiques timides à lunettes qui, un jour, inventent un produit qui transforme l'entreprise en mine d'or. »

« Où est-ce que vous en avez appris autant sur l'horlogerie ? demanda Victor.

— Autrefois, je m'y suis intéressé.

— Plus maintenant ?

— Non. »

L'homme ouvrit une boîte et en sortit la montre

à gousset, qui scintillait dans son boîtier incrusté de pierres précieuses.

Victor sourit :

« Vous l'avez vraiment faite belle.

— Pourquoi désirez-vous cet instrument ?

— Pourquoi ? (Victor soupira.) Eh bien, j'ai un voyage prévu, et j'aimerais emporter une montre fiable.

— Où allez-vous ?

— Le contraire des affaires. »

L'homme le regarda, décontenancé.

« Le plaisir. Un voyage pour le plaisir, expliqua Victor. Ça vous arrive de sortir de votre arrière-boutique, non ?

— J'ai vécu dans d'autres endroits, si c'est ce que vous voulez dire.

— Oui, répondit Victor, c'est ce que je veux dire. »

Il observa son visiteur. Il avait quelque chose d'étrange. Ce n'étaient pas tant ses vêtements, mais son langage. Il employait les mots à bon escient, mais cela ne semblait pas naturel, comme s'il les empruntait à un livre.

« L'autre jour, dans la boutique, comment avez-vous su que j'étais originaire de France ? »

L'homme haussa les épaules.

« Vous l'avez lu quelque part ?

— Non.

— Sur Internet ? »

Pas de réponse.

« Je suis sérieux, insista Victor. Dites-moi. Comment avez-vous su que je venais de France ? »

L'homme baissa la tête quelques instants, puis regarda Victor droit dans les yeux.

« Quand vous étiez enfant, je vous ai entendu formuler une requête. Vous vouliez du temps – comme maintenant. »

# 51

**C'était la mère de Sarah qui lui avait donné cette idée, aussi incroyable que cela semblait.**

Lorraine, lors d'un dîner de pâté au poulet, avait fait allusion à un bracelet que ses amies et elles voulaient acheter à une femme pour ses cinquante ans. Elles y faisaient graver un message.

Sarah pensa aussitôt à Ethan. Un message au dos de sa montre ? Pourquoi n'y avait-elle pas pensé ?

« Sarah ? Tu m'écoutes ?

— Quoi ? Ah, ouais. »

Le lendemain, Sarah sécha ses deux derniers cours (là encore, cela ne lui ressemblait pas, mais avec Ethan dans sa vie maintenant, il fallait aussi lui consacrer du temps) et elle prit le train pour New York. Elle arriva à la boutique en fin d'après-midi et, là encore, elle était la seule cliente. Elle eut de la peine pour eux : s'ils n'avaient personne à Noël, quand alors ?

« Ah, dit le vieil horloger en la reconnaissant. Bonjour.

— Vous vous souvenez de la montre que j'ai achetée ici ? demanda Sarah. Vous pouvez la graver ? Vous le faites ?

— Oui.

— Super. »

Elle sortit la boîte de son sac et la posa sur le comptoir, en regardant la porte de l'arrière-boutique.

« L'autre monsieur est ici ? »

Le propriétaire sourit.

« Vous voulez que ce soit lui qui le fasse ? »

Sarah rougit.

« Oh, non ! Enfin, je veux dire, je ne savais pas s'il le faisait ou pas. N'importe qui, je veux dire. Enfin, ouais. S'il le fait. Mais n'importe qui. »

Elle espérait secrètement que l'apprenti était là. Après tout, c'était la seule personne à qui elle avait parlé d'Ethan.

« Je vais le chercher », dit le vieil homme.

L'instant d'après, Dor sortit de l'arrière-boutique, avec le même polo noir et les cheveux ébouriffés.

« Salut », dit Sarah.

Il la regarda en inclinant légèrement la tête. Son expression était d'une douceur infinie.

Il prit la montre.

« Que voulez-vous qu'elle dise ? » demanda-t-il.

**Elle avait choisi un message simple.**

Elle s'éclaircit la gorge :

« Vous pouvez mettre… (Sarah baissa la voix, même si personne d'autre ne se trouvait dans la boutique)… "Avec toi, le temps file comme une flèche" ? »

Dor la regarda, décontenancé.

« Qu'est-ce que cela veut dire ? »

Sarah haussa les sourcils :

« C'est trop sérieux ? Honnêtement, je crois – ça a

l'air idiot, hein ? – je crois que c'est l'homme qu'il me faut. Mais je ne veux pas en faire trop.

— Non, reprit Dor. Cette expression. Qu'est-ce qu'elle veut dire ? »

Sarah se demanda s'il plaisantait.

« Le temps file comme une flèche ? Ben, ça veut dire que le temps passe vraiment vite, et tout à coup on se dit au revoir et on a l'impression qu'on n'a eu le temps de rien. »

Dor réfléchit. Il aimait l'idée.

« Le temps file.

— Avec toi », ajouta-t-elle.

# 52

**Même après l'enterrement, le jeune Victor se demanda si son père pourrait revenir un jour, par magie,**

si tout cela – le prêtre, la famille en pleurs, le cercueil en bois – n'était qu'une phase que l'on traversait lorsque les adultes avaient des accidents.

Il demanda à sa mère. Elle lui dit qu'il leur fallait prier. Peut-être que Dieu connaissait un moyen de les réunir. Ils s'agenouillèrent près d'une petite cheminée et elle drapa un châle sur leurs épaules. Elle ferma les yeux et marmonna quelques mots, et Victor l'imita. Il dit : « S'il vous plaît, que ce soit hier, quand papa est rentré à la maison. »

Dans une caverne lointaine, les paroles du petit garçon s'élevèrent dans un bassin lumineux. Des millions d'autres voix résonnaient, mais les suppliques d'un enfant trouvent un autre chemin vers nos oreilles, et Dor fut ému par cette prière simple. Il est si rare que les enfants demandent à inverser le temps. Le plus souvent, ils sont pressés. Ils veulent qu'une cloche sonne à l'école. Qu'un anniversaire arrive.

« S'il vous plaît, faites que ce soit hier. »

Dor se rappelait la voix de Victor. Les voix s'étoffent avec l'âge, mais pour lui, qui était destiné à les écouter de toute éternité, elles étaient aussi distinctes qu'une empreinte digitale. Dor avait su que c'était Victor à l'instant où il avait ouvert la bouche chez l'horloger.

Il ne savait pas que l'enfant qui avait demandé à revenir hier voulait désormais posséder le *lendemain*.

**Victor ne pria plus jamais.**

Sa mère ayant sauté du pont, il tourna le dos à la prière et au passé. Il partit en Amérique et apprit que ceux qui usaient le mieux de leur temps prospéraient. Donc, il travailla. Il accéléra sa vie. Il s'habitua à ne pas penser à son enfance.

Et voilà que dans son bureau au sommet, un quasi-étranger la lui rappelait.

« Je vous ai entendu demander quelque chose quand vous étiez enfant, disait l'apprenti. À ce moment-là, vous vouliez du temps, comme aujourd'hui.

— De quoi parlez-vous ? »

L'apprenti montra la montre à gousset.

« Nous désirons tous ce que nous avons perdu. Mais parfois, nous oublions ce que nous avons. »

Victor regarda la montre, avec le portrait d'une famille.

Quand il leva les yeux, l'homme avait disparu.

**Supposant que c'était un tour de passe-passe, Victor cria : « Hé ! Hé ! Revenez ici ! »**

Il fit rouler son fauteuil vers la porte. Roger se dirigeait déjà vers lui, ainsi que Charlene, son assistante.

« Tout va bien, monsieur ? demanda Charlene.

— Est-ce que vous avez vu un type sortir d'ici en courant ?

— Un type ? »

Victor remarqua leur air inquiet.

« Laissez tomber, dit-il, gêné. Je me suis trompé. »

Il ferma la porte, le cœur battant. Devenait-il fou, à présent ? Il avait l'impression de perdre le contrôle, sensation rare chez lui.

Le téléphone sonna. Il sursauta. Sa ligne privée. C'était Grace, pour lui demander quand il rentrerait à la maison. Elle faisait la cuisine.

Victor soupira.

« Je ne sais pas si je pourrai manger ces trucs, Grace.

— Reviens, et on verra.

— D'accord.

— Quelque chose ne va pas ? »

Victor regarda sa montre à gousset. Qu'est-ce qui lui arrivait ? Il repensa à ses parents, à leurs visages – ce qu'il n'avait pas fait depuis des années. Cela le mit en colère. Il devait se ressaisir.

« J'arrête la dialyse, Grace.

— Comment ?

— Ça ne sert à rien.

— Tu ne peux pas faire ça. »

Il y eut un long silence.

« Si tu le fais…

— Je sais.

— Pourquoi ? demanda-t-elle d'une voix tremblante. (Victor comprit qu'elle pleurait.)

— Ce n'est pas une façon de vivre, branché à cette satanée machine. Tu as entendu ce qu'ont dit les médecins. »

Grace respirait avec difficulté.

« Grace ?

— Rentre à la maison, c'est tout, et on parlera, d'accord ?

— J'ai pris ma décision.

— Nous pouvons en parler.

— D'accord, mais je ne veux pas qu'on se dispute là-dessus. »

Il aurait préféré utiliser cette phrase pour ses véritables projets : se congeler pour parvenir à une nouvelle vie. Mais il savait déjà qu'elle n'y prendrait aucune part. Il prononça donc cette phrase sincère, pour une fausse raison.

« Je ne veux pas qu'on se dispute, murmura Grace. Rentre à la maison, c'est tout. »

# 53

**C'était réglé. Ethan la verrait le soir de Noël**

à *Dunkin' Donuts*, parce qu'elle savait que ce serait ouvert. Ce rendez-vous avait été pris par hasard – même si Sarah préférait penser que c'était le destin.

Elle n'avait pas eu la chance de le contacter par texto. Mais, en quittant le magasin, elle était passée devant un nouveau rassemblement « Fin du Monde », et, par association d'idées, elle appela aussitôt Ethan, même s'il ne répondait presque jamais à son téléphone.

Quand elle l'entendit décrocher, son cœur bondit dans sa poitrine. Elle dit précipitamment :

« Tu devineras jamais ce que j'ai sous les yeux.

— C'est qui ?

— Sarah. »

Un temps.

« Ah, salut Sarah. Je croyais que j'avais composé… non, rien. Mon téléphone est naze.

— Devine d'où je t'appelle.

— Je sais pas.

— Le rassemblement de la "Fin du Monde" au parc de Washington Square.

— C'est dingue.

— Oui, hein ? En tout cas, ils disent que ce sera la fin du monde la semaine prochaine, et comme j'ai quelque chose à te donner, j'ai intérêt à le faire vite.

— Attends… C'est quoi, l'histoire de la fin du monde ?

— Je ne sais pas, c'est un truc indien, ou religieux, enfin bref. Un truc bizarre. »

Sarah en avait lu davantage mais ne voulait pas avoir l'air trop savante. D'ailleurs, qu'est-ce que ça lui avait rapporté, avec les garçons ?

« Alors, quand est-ce qu'on peut se voir ? Je veux te donner ton cadeau.

— Tu n'es pas obligée du tout, Sarah.

— Non, c'est rien. C'est Noël, non ?

— Ouais. Je sais pas… »

Il y eut un silence gêné. Sarah sentit son estomac se nouer.

« Ça ne prendra pas longtemps.

— D'accord, dit Ethan.

— De toute façon, si c'est la fin du monde, ça ne pourra pas prendre trop de temps, non ?

— Ouais, si tu veux… »

Mais elle n'eut pas l'impression qu'il en avait réellement envie.

Ils prirent rendez vous au *Dunkin' Donuts* le soir de Noël – il avait une soirée pas loin après, de toute façon. Sarah raccrocha, heureuse d'avoir quelque chose de prévu. Elle essaya d'oublier son ton distrait. Les conversations au téléphone ne sont jamais un bon indicateur. D'ailleurs, il serait content lorsqu'il verrait la montre. Personne d'autre ne pourrait lui offrir un cadeau aussi spécial.

Elle repensa à leur baiser. À son désir. *Quelqu'un avait envie d'elle.* Cette fois-ci, se dit-elle, elle serait bien plus détendue sur le plan physique. Elle le laisserait aller plus loin. Lui aussi, ça lui ferait plaisir. Elle savoura ce bonheur à l'avance.

Elle contempla la foule de la « Fin du monde ». Certains portaient des pancartes, d'autres des vêtements religieux. Une petite stéréo posée sur une table passait une chanson qui attira l'oreille de Sarah :

*Pourquoi le soleil brille-t-il encore ?*
*Pourquoi les vagues se brisent-elles sur le rivage ?*
*Ne savent-ils pas* – que c'est la fin du monde ?
*Puisque tu ne m'aimes plus à chaque seconde ?*

Déprimant, pensa Sarah. Et plutôt cynique, vu l'objet de cette manifestation. Pourtant, la voix de la chanteuse était si triste, si mélancolique, qu'elle l'écouta encore :

*Pourquoi les oiseaux chantent-ils encore ?*
*Pourquoi les étoiles brillent-elles dans le ciel ?*
*Ne savent-ils pas* – que c'est la fin du monde ?

Sarah prit un tract sur une table. Il annonçait : « La Fin est proche. Qu'allez-vous faire du temps qu'il vous reste ? »

Eh bien, on n'était que mercredi. Elle allait perdre un demi-kilo, voire plus.

# 54

**Grace attendait que Victor revienne.**

Elle s'essuya les yeux et prépara les légumes.

**Lorraine attendait que Sarah revienne.**

Elle passa l'aspirateur et fuma une cigarette.

**Cela arrivera bientôt.**

Tous les habitants de cette planète – y compris Grace, Lorraine, Victor et Sarah – cesseront aussitôt de vieillir.

Et une personne commencera à le faire.

# L'ABANDON

# 55

**Victor avait bien appris sa leçon. Il savait ce que la mort signifiait.**

Lorsqu'il eut arrêté la dialyse, sa tension grimpa en flèche, il devint bouffi, ressentit des douleurs dans le dos et une perte d'appétit. Il avait anticipé ces symptômes et se forçait à manger du pain, de la soupe et des compléments alimentaires, parce qu'il ne voulait pas s'affaiblir trop vite.

À Noël, il fut installé dans un lit, au salon. Grace resta à ses côtés toute la nuit, dormant dans un fauteuil. Elle avait cru son mensonge, pour la même raison qu'elle aurait refusé la vérité : il était naturel de vouloir partir, d'accepter la volonté de Dieu. Si Victor acceptait paisiblement d'arrêter sa dialyse, alors elle pouvait l'accepter aussi.

Pourtant, elle écrasa une larme le lendemain matin, quand Victor demanda à Roger de lui apporter des dossiers. *Ne te mets pas en colère*, pensa-t-elle en prenant une paille pour la mettre dans son verre d'eau, *c'est comme cela qu'il se raccroche à la vie. Ses papiers, ses affaires, c'est ce qu'il est.* Elle ignorait que Roger apportait des documents destinés à protéger le futur empire de Victor.

Elle tendit le verre à son mari, et Victor le prit, plutôt que de boire à la paille. Il avala une gorgée et reposa le verre. Il vit l'inquiétude sur le visage de Grace.

« Ça va aller, Grace. C'est comme ça que ça doit se passer. »

**Pourtant, selon les lois de la nature, ce n'était pas le cas.**

Pas ainsi. Pas en se faisant congeler pour courir un deuxième tour. Mais Victor était décidé à contrôler sa mort comme il avait contrôlé sa vie. L'engourdissement de ses pieds et de ses mains ? Sa peau qui devenait d'un gris malsain ? Ces deux symptômes seraient reconnus comme des signes terminaux d'une affection rénale. On s'attendrait à sa mort. Personne ne soupçonnerait le plan de Victor : se faire congeler *avant* de mourir. Lorsque cela arriverait, seuls Roger, Jed, quelques médecins triés sur le volet et un coroner seraient présents, et tous seraient bien payés pour garder le silence.

La mort, sur le papier, viendrait lorsqu'ils l'écriraient.

Mais la mort n'atteindrait jamais Victor.

Il l'esquiverait. Et sauterait dans un bateau pour l'avenir.

« Écoute, Grace, dit-il d'une voix éraillée. Je sais comme cela a été dur pour toi. Mais une fois que je serai parti, tout a été organisé. Tous les papiers, je veux dire. Roger pourra tout te montrer. Ce qui importe, c'est… »

Il réfléchit à ce qu'il allait dire ensuite. Il voulait que ce soit sincère.

« Ce qui importe, c'est que tu n'aies jamais de soucis. »

Les yeux de Grace s'embuèrent.

« Je n'en ai jamais eu », dit-elle.

Elle lui prit la main, lui caressa les doigts.

« Tu vas me manquer, tu sais.

— Oui.

— Horriblement », dit-elle.

Ils serraient les dents tous les deux. Victor déglutit péniblement. Il faillit tout lui dire à ce moment-là. Mais soit on saisit l'instant, soit on le laisse passer.

Il le laissa passer.

« Toi aussi », dit-il.

# 56

**Ethan était le seul garçon qu'elle aimerait jamais. Mais il ne l'aimait pas en retour.**

Cela devint évident à 9 h 16 le soir de Noël, sur le parking du *Dunkin' Donuts*, lorsqu'elle lui offrit un paquet-cadeau de couleur vive, contenant une montre de son film préféré, gravée. Sarah craqua enfin et lui dit ce qu'elle éprouvait pour lui, ce sentiment qu'elle retenait en elle telle une étoile en fusion, ce sentiment dont elle n'avait parlé qu'à l'homme du magasin d'horlogerie et à son miroir dans sa chambre. Mais avant qu'elle ait fini, avant qu'elle ait dit ses derniers mots : « Vraiment, je… je sais que c'est dingue mais… voilà, *je t'aime*, tu vois ? », Ethan commença à jeter des regards autour de lui comme s'il cherchait un ami pour lui dire : « T'y crois, toi ? »

À cet instant, elle voulut disparaître dans les entrailles de la Terre, se fondre comme une flaque de cire et passer dans une bouche d'égout. Ses yeux. Cette expression sur son visage. Désintérêt. Humiliation totale. À partir de là, les quelques minutes de conversation gênée, jusqu'à ce qu'il dise : « Écoute,

Sarah, faut que j'y aille », semblèrent durer des années. Sarah aurait voulu mieux s'expliquer, revenir sur ce qu'elle avait dit. Elle pouvait attendre, attendre éternellement. *Ne gâche pas tout, il ne faut pas que ça s'arrête !* Il lui rendit son cadeau sans l'avoir ouvert et s'éloigna les mains dans les poches. Un peu plus loin, il sortit son téléphone pour appeler – qui ? Une autre fille ? Un ami, pour rigoler à deux de cette débile qui venait de lui déclarer qu'il était son « idéal » (elle avait vraiment dit ça ?) ? *Enfin, Sarah, c'est quoi ton problème ?* Après cette scène, Sarah se tourna vers un nouveau compagnon, sur le parking. Elle seule pouvait le voir, c'était un démon, une bête de malheur ; il l'enserra de sa griffe osseuse et déclara : « Tu vis avec moi, à présent. »

Sarah Lemon n'avait que dix-sept ans mais, à cet instant, elle commença à sortir de la vie. Elle se sentait seule, abandonnée. Et tout cela était sa faute. Comment avait-elle pu gâcher un bienfait aussi rare, un garçon comme Ethan, qui ne l'avait jamais regardée avant et qui ne la regarderait plus après ? Ils s'étaient embrassés et il l'avait désirée, mais elle l'avait repoussé et il avait visiblement décidé qu'elle n'en valait pas la peine – ce qu'elle savait depuis le début – alors pourquoi ne lui avait-elle pas accordé tout ce qu'il voulait, sans faire d'histoires ? Pour qui se réservait-elle, franchement – comme si elle allait rencontrer quelqu'un de mieux ?

Le ventre noué, prise de vertige, elle glissa le cadeau dans sa poche. Elle éprouva un besoin désespéré de l'appeler mais, tout à coup, elle comprit : elle ne pourrait ni l'appeler, ni le revoir, c'était fini, complètement fini, et elle tomba à terre comme un sac. À genoux, elle pleura jusqu'à avoir des douleurs à la poitrine. Elle sentit le gravier incrusté dans ses paumes. Elle resta là, à quatre pattes, jusqu'à ce qu'un type de *Dunkin' Donuts* ouvre la porte et lui crie : « Hé, tu fais quoi là-bas ? Va voir ailleurs ! » Elle se remit péniblement debout et avança d'un pas titubant. Un cœur brisé pèse plus lourd ; il s'écrase dans la poitrine comme un avion abattu. Sarah se traîna telle une épave jusqu'à chez elle, monta dans sa chambre et sombra dans un trou noir.

## 57

**Dor était assis en haut d'un gratte-ciel, les pieds dans le vide. En contrebas, la ville déployait son panorama immense de toits, de flèches et de fenêtres éclairées.**

Dor tenait le sablier. Il ne l'avait pas tourné. Il laissait le temps s'écouler à sa vitesse normale, pensant aux instructions du vieil homme.

Il avait trouvé les deux personnes. Il les avait suivies ces derniers jours. Il avait arrêté le temps autour de Sarah et de Victor à de nombreuses reprises, pour comprendre leurs vies. Il avait conclu que Victor, malgré toute sa richesse, ne pouvait guère vaincre sa maladie. Et à en juger par la façon dont Sarah s'était écroulée sur le parking, elle s'intéressait plus au garçon élancé qu'il ne s'intéressait à elle.

Mais la complexité de leurs mondes était déroutante. Dor venait d'une époque d'avant l'écriture, une époque où si l'on voulait parler à quelqu'un, on allait le voir. Cette époque-ci était différente. Ses outils – les téléphones, les ordinateurs – permettaient aux gens d'évoluer à une vitesse vertigineuse. Pourtant, malgré tout ce qu'ils accomplissaient, ils n'étaient jamais en paix. Ils consultaient constamment leurs instruments pour vérifier où ils se trouvaient dans le temps – c'était exactement ce que Dor avait essayé de mesurer avec une pierre, un bâton et une ombre.

Pourquoi avoir mesuré les jours et les nuits ?

Pour savoir.

Assis bien au-dessus de la ville, Père Temps s'aperçut que savoir ne signifiait pas comprendre.

# 58

**Pas de morphine. Pas encore. Victor devait garder le contrôle.**

Sa respiration s'accélérait, car son corps tentait de rejeter le monoxyde de carbone assez vite pour lutter contre l'acidité croissante.

Il n'y en avait plus pour longtemps.

Un petit nombre de visiteurs – des relations d'affaires pour la plupart – vinrent lui rendre un dernier hommage. D'autres auraient également voulu le faire, mais Victor avait dit à Grace qu'il n'avait pas envie d'entendre leurs adieux ; c'était vrai, mais surtout parce qu'il n'avait pas l'impression d'aller nulle part. D'autres vivaient leurs dernières semaines dans la crainte et les au revoir ; Victor, lui, s'était plongé dans ses préparatifs. Il avait sa stratégie de sortie. Elle comportait un détail pour cet instant précis.

Chaque année, le soir du nouvel an, Victor et Grace participaient à un gala au cours duquel ils annonçaient un don important à leurs bonnes œuvres – le montant correspondant au succès du fonds d'investissement de Victor durant l'année.

« Grace, tu devrais y aller, avait-il dit la veille.

— Non.

— Il faut que tu présentes le chèque.

— Je ne t'abandonnerai pas.

— C'est important pour tout le monde.

— Quelqu'un d'autre peut le faire. »

Victor mentit encore une fois :

« C'est important pour moi.

— Pourquoi ? demanda Grace, étonnée.

— Parce que je veux que la tradition perdure. Je veux que tu y ailles cette année, l'année d'après, et bien des années encore j'espère. »

Grace hésita. Le gala avait été son idée. Victor n'en avait jamais été fou – elle avait même dû l'y traîner les années passées. Elle se demanda si c'était sa manière à lui de s'excuser.

« D'accord, dit-elle. J'irai.

— Ce sera bien pour tout le monde », souffla Victor, soulagé.

# 59

**Sarah se réveilla à deux heures de l'après-midi : sa mère tambourinait à sa porte.**

« Sarah !

— Quoi ?

— Sarah ! !

— Je suis réveillée !

— Ça fait cinq minutes que je tape à ta porte !

— J'avais mes écouteurs !

— Qu'est-ce qui se passe ?

— Rien !

— Sarah !

— Fiche-moi la paix ! »

Elle entendit sa mère partir, puis retomba sur son oreiller dans un gémissement. Elle avait mal à la tête, et la bouche pâteuse. Heureusement, quand elle était rentrée hier soir, sa mère était sortie, et Sarah lui avait pris deux de ses somnifères avant de s'enfermer dans sa chambre. Les tempes battantes, elle se retourna dans son lit et revécut toute la scène : ce qu'elle avait dit, et ce qu'Ethan avait dit. Elle se mit à pleurer lorsqu'elle vit son paquet-cadeau posé sur la chaise. Elle l'attrapa et le lança contre le mur en sanglotant de plus belle.

Elle revit Ethan qui s'éloignait. Elle se sentait totalement impuissante. Ce ne pouvait pas être la fin. Leur dernier moment ensemble. Il y avait forcément un moyen.

Tiens… Peut-être qu'elle pouvait lui écrire. Tout retirer.

Inventer une excuse. Le cadeau, c'était une blague. Elle était soûle. Des problèmes à la maison. Enfin bref. Elle contrôlerait mieux tout ça si elle l'écrivait, non ? Elle ne commettrait pas les mêmes erreurs, elle ne lui déballerait pas tous ses sentiments ; c'était ça qui l'avait fait fuir.

Elle s'essuya les yeux et s'assit à son bureau.

Sarah aurait dû écouter son bon sens, qui lui soufflait de se tenir à l'écart d'Ethan. Mais le bon sens n'a aucune place dans le premier amour, il n'en a jamais.

**Ce n'était pas un texto qu'elle enverrait.**

Elle ne voulait pas qu'il apparaisse sur son téléphone. Non, elle enverrait un message Facebook en privé. Elle se cramponna au rebord de son bureau, réfléchissant à ce qu'elle allait dire.

Elle commencerait par : « Écoute, je suis désolée… » puis elle expliquerait qu'elle comprenait sa réaction négative, que parfois elle prenait les choses bien trop à cœur et enfin bref, elle se débrouillerait – à condition de ne pas se prendre trop au sérieux… peut-être qu'il ferait de même.

Elle mit son ordinateur en marche.

L'écran s'alluma.

**Jadis, les amoureux vivant sur des rivages éloignés s'asseyaient à la lueur de la bougie pour écrire, à l'encre, des mots ineffaçables sur des parchemins.**

Il leur fallait une soirée pour rassembler leurs idées, peut-être même la soirée suivante. En envoyant la lettre, ils écrivaient le nom, la rue, la ville et le pays, et ils cachetaient l'enveloppe à la cire, avec le sceau de leur bague.

Sarah n'avait jamais connu un tel monde. La vitesse comptait désormais plus que la qualité des mots. La rapidité d'envoi était ce qu'il y avait de plus important. Si Sarah avait vécu dans un monde plus ancien et plus lent, ce qui arriva ensuite n'aurait pas eu lieu. Mais elle vivait dans ce monde.

Et l'événement se produisit.

**Sarah se rendit sur la page Facebook d'Ethan.**

La photo du garçon s'afficha, avec sa tignasse couleur café, son regard indolent et son sourire « légèrement amusé ». Avant même qu'elle lui envoie un message, elle vit son dernier post. Les yeux de Sarah s'emplirent de larmes. La nausée monta en elle. Elle le relut. Encore. Et encore.

*« Sarah Lemon m'a couru après. Waouh. Ça risque pas. Voilà ce qui arrive quand on est sympa. »*

Son nom sur sa page.

*« Waouh. Ça risque pas. »*

Et un chat malvenu, qui essayait de grimper sur ses genoux.

*« Voilà ce qui arrive quand on est sympa. »*

C'était tout ? Il était juste *sympa* ?

Sarah frissonna, elle avait du mal à respirer. Sous le post, une longue série de visages, des gens qui commentaient – par dizaines.

*« Sérieux ? »*

*« Toi + Sarah = Beurk »*

*« Mauvais film Lemon : tu lui plais pas, c'est tout. »*

*« Elle a un trop gros cul, mon pote. »*

*« Je savais que c'était une morue. »*

*« Fuis, mon gars, fuis ! »*

C'était comme dans ces rêves où on se retrouve nu sur scène, devant tout le monde. Ethan avait raconté son histoire au monde entier, le monde entier avait compati, et Sarah Lemon était désormais et pour toujours (le cyberespace n'était-il pas instantanément éternel ?) la fille avec qui il fallait être *sympa*, une fille pitoyable qui ne captait rien, le fléau de sa génération, le dernier barreau de l'échelle, une naze.

*« Sarah Lemon m'a couru après. »*

C'était elle ? Et lui, il ne l'avait pas embrassée ?

*« Waouh. Ça risque pas. »*

Elle était donc répugnante à ce point ?

*« Voilà ce qui arrive quand on est sympa. »*

C'était de la charité ? Le beau prince qui a pitié de la grenouille ?

*« C'est pas elle qu'est tout le temps dans les bouquins de sciences ? »*

*« Faut jamais être gentil avec les dingues. »*

*« Elle a des hallus. »*

*« Pas de bol, Ethan. »*

Sarah referma l'ordinateur portable. Elle entendit l'air qui sortait de son corps – expire, expire, expire. Elle dégringola l'escalier et jaillit dehors, les petites photos en orbite autour de son cerveau, raillant son malheur, réveillant des souvenirs de rejets précédents, comme les pages usées d'un livre bien connu. Elle était redevenue la grosse Sarah, celle qui courait chez elle après les cours parce qu'une fille s'était moquée d'elle. Elle était Sarah la rebutante, dont le père n'avait pas voulu après le divorce. Elle était Sarah le rat de bibliothèque, seule dans un coin de la cantine avec son livre de sciences. Et voilà qu'elle était Sarah l'hallucinée, Sarah la harceleuse timbrée, un message sur la page Facebook d'Ethan, une simple plaisanterie projetée d'ordinateur en ordinateur comme ces ballons qu'on se lance en concert et qui ne touchent jamais le sol.

Sarah courut en tremblant sous la neige légère, les larmes ruisselant de ses yeux durcies par le froid. Elle n'avait personne à qui parler. Personne pour la réconforter. Juste les ténèbres et la solitude, et elle ne retournerait jamais, jamais dans ce lycée. *Que faire ? Que faire ?*

Elle pensa pour la première fois à se tuer, se demanda où et comment.

Elle savait déjà pourquoi.

# LE 31 DÉCEMBRE

## 60

**Il était 8 heures du soir. Grace s'habillait devant la glace.**

Elle ne voulait pas y aller. Elle dirait bonjour, présenterait le chèque et rentrerait en vitesse. Elle était maquillée, coiffée. Il fallait qu'elle remonte la fermeture éclair de sa robe, ce que Victor avait toujours fait pour elle. Elle tâtonna dans son dos, finit par trouver la languette à la troisième tentative, et réussit à la remonter. Puis elle fondit en larmes.

Elle s'essuya les yeux et se rendit à la cuisine. Elle trouva du thé à la cannelle et en apporta une tasse à Victor. Il semblait dormir.

« Chéri ? » chuchota-t-elle.

Il ouvrit les yeux. Elle portait une robe de satin cousue de cristaux, avec des volants de tulle.

« Regarde-toi… tu es splendide. »

Grace se mordit les lèvres. Depuis combien de temps ne lui avait-il pas fait ce genre de compliment ? Au début, c'était si souvent – il lui murmurait en dansant au country club : « Quel effet cela te fait-il d'être la plus belle femme dans la pièce ? »

« Je ne veux pas partir, Victor. Tu entends ta voix…

— Vas-y. Il ne va rien m'arriver en une soirée.

— Tu promets ?

— Vas-y et reviens.

— Je t'ai apporté du thé.

— Merci.

— Vérifiez qu'il le boive », dit-elle à Roger, fidèle au poste dans un coin du salon. Roger acquiesça. Grace se tourna vers son mari :

« Tu aimes ces boucles d'oreilles ? Tu me les as données pour notre trentième anniversaire, tu te souviens ?

— Oui.

— Je les ai toujours adorées.

— Elles sont superbes.

— Je te vois dans quelques heures.

— Très bien.

— Je ferai au plus vite.

— Je serai… »

La voix de Victor se brisa.

« Comment, chéri ?

— Ici. Je serai ici.

— Bien. »

Elle l'embrassa sur le front, lui tapota le bras. Puis elle se leva soudain, cachant ses larmes, et s'éloigna. Ses talons résonnèrent sur le carrelage, de plus en plus lointains.

**Victor se sentait déchiré par le remords.**

La dernière phrase qu'il avait dite à Grace était un mensonge. Il ne serait pas là à son retour. Il partirait en son absence et irait se faire cryogéniser. C'était le plan, la raison pour laquelle il l'avait encouragée à se rendre au gala.

Il faillit la rappeler. Mais un vertige le prit, il dodelina de la tête, et roula sur le côté. Tout ce qu'il avait prévu, depuis des semaines, des mois, toute sa vie adulte en fait, devait culminer dans ces prochaines heures. Il n'était plus temps de changer de cap. Il fallait s'en tenir au plan.

Pourtant…

Il appela Roger, qui s'approcha, et il lui chuchota quelque chose à l'oreille.

« Vous avez bien compris ? chuchota Victor. Si ça arrive… pas d'hésitation ?

— J'ai compris », dit Roger.

Victor inspira faiblement :

« Allons-y, alors. »

# 61

**Il était 8 heures du soir. Lorraine s'habillait devant la glace.**

Elle avait horreur des soirées de nouvel an, mais elle s'y rendait chaque année. Ses amies divorcées avaient conclu un pacte : ne pas rester seules les soirs où la solitude se faisait particulièrement sentir.

Elle passa de la laque sur ses cheveux et jeta un œil dans le couloir pour voir si Sarah était sortie de sa chambre. Elle s'inquiétait pour sa fille, qui s'y était cloîtrée depuis cinq jours, avec le même jogging noir et un vieux T-shirt vert. Elle aurait voulu lui demander pour qui étaient les talons hauts, mais n'avait jamais pu aborder ce sujet. Sarah l'avait aussitôt arrêtée.

Lorraine se rappela l'époque où ils fêtaient encore le nouvel an en famille, et ce mois de décembre où ils s'étaient tous les trois rendus en ville, sur Times Square, pour compter les coups de minuit en grelottant. Sarah avait sept ans ; elle était encore assez petite pour s'asseoir sur les épaules de son père. Elle mangeait des noix de pécan grillées au miel qu'ils avaient achetées dans la rue. Il s'était mis à neiger juste avant minuit. Sarah avait crié : « Trois… deux… un… Bonne année ! » avec un million d'autres personnes.

Lorraine avait été heureuse, ce soir-là. Elle avait pris beaucoup de photos. Mais en montant dans la voiture, Tom avait dit en essuyant la neige sur son front : « Ça, c'est bon, on n'aura plus jamais besoin de le refaire. »

**Elle alla frapper à la porte de Sarah.**

Elle entendit de la musique. La voix d'une chanteuse.

« Chérie ? »

Un temps.

« Quoi ?

— Juste pour dire au revoir.

— Salut.

— Bonne année.

— Ouais.

— Je ne rentrerai pas tard

— Salut. »

Lorraine entendit un klaxon au dehors. Ses amies.

« Tu as des gens à voir, ce soir ? »

Quelle horreur, cette question, se dit Lorraine.

« J'ai pas envie de sortir, maman.

— D'accord. Demain, on prendra le petit déjeuner, d'accord ? »

Silence.

« Sarah ?

— Pas trop tôt.

— Pas trop tôt », acquiesça Lorraine.

Un autre coup de klaxon.

« Je t'appellerai tout à l'heure, ma chérie. »

Lorraine descendit, soupira puis sortit. Elle était

contente de ne pas être la capitaine de soirée cette année. Elle avait vraiment envie d'un verre.

**Sarah avait déjà commencé à boire. Une bouteille de vodka qu'elle avait prise dans le meuble du salon.**

Ce soir, elle mettrait fin à sa vie. C'était le plus logique. Sa mère serait partie. La maison au calme. Aucun risque qu'on la trouve. Ne disait-on pas que le nouvel an était la soirée la plus solitaire de l'année ? Sarah trouva un peu de réconfort à l'idée que, quelque part sur la planète, quelqu'un était peut-être aussi malheureux qu'elle.

*Ne savent-ils pas que c'est la fin du monde ?*
*Il a fini en même temps que ton amour.*

Sarah avait téléchargé cette chanson après avoir retrouvé le nom de la chanteuse. Elle l'avait passée sur son téléphone pendant des jours. Elle quittait à peine sa chambre. Ne se douchait pas. Mangeait à peine. La veille, quand sa mère l'avait vue sortir de la salle de bains, vêtue du même jogging noir et de son vieux T-shirt vert, elle lui avait demandé : « Qu'est-ce qui ne va pas, ma chérie ? » Sarah avait menti. Elle avait dit qu'elle se négligeait un peu parce qu'elle travaillait sur des trucs pour la fac.

Sarah but une gorgée directement à la bouteille et sentit la brûlure dans sa gorge. Peut-être que quand elle serait morte, on posera la question à Ethan, pour la vodka, et qu'il devrait reconnaître ça : la fille à laquelle *il s'intéressait si peu*, il buvait avec elle quinze jours plus tôt. Sarah savait qu'elle n'oserait jamais le revoir, ni lui ni aucune de ses connaissances, ni personne de ceux qui étaient au courant – c'est-à-dire tout le monde maintenant, pas vrai ? Impossible de fuir ou de se cacher… même en classe, le visage enfoui derrière son coude. Elle savait comment ça se passait. Tout le monde parlerait d'elle. Ricanerait dans son dos. Enverrait encore d'autres commentaires. *« Sérieux ? » « Fuis, mon gars, fuis ! » « Je savais que c'était une morue. »* Seigneur ! Le plaisir qu'ils prenaient à la casser, à partager l'incrédulité d'Ethan devant cette naze de Sarah Lemon qui essayait de sortir de son trou ! Sarah se sentit inutile, vide. C'était sans espoir.

« On arrête tout », chuchota-t-elle.

Elle prit la vodka et son téléphone, puis se dirigea vers le garage d'un pas titubant.

## 62

**Père Temps les observait tous deux.**

Tout d'abord, il se tint aux côtés de Victor mourant. Il vit Roger l'installer dans une camionnette. Il la suivit jusqu'au laboratoire de cryogénisation, où une porte d'entrepôt s'ouvrit dans un grondement.

Il vit le quatorzième homme le plus riche du monde déchargé comme un paquet et emporté à l'intérieur.

Il était une heure avant minuit, en ce dernier jour de l'année. Roger et Jed ouvrirent le lit roulant sur les côtés. Un médecin et un coroner discutaient à voix basse, des papiers à la main. Une énorme vasque se trouvait à côté d'eux, plus grande qu'un corps humain et remplie de glace.

Victor était à peine conscient, la respiration saccadée. Le médecin demanda s'il voulait un calmant, mais il refusa d'un geste.

« C'est bon pour les papiers ? » marmonna-t-il.

Le coroner acquiesça. Victor prit une profonde inspiration et ferma les yeux. La dernière chose qu'il perçut, ce fut Jed, l'homme de la cryogénisation, lui enlevant la montre qu'il serrait dans sa main et lui disant : « Je vous promets d'en prendre soin. »

Quatre bras passèrent sous son corps pour le soulever.

Mais Dor se trouvait dans un coin.

Il retourna son sablier.

Entre-temps, dans un garage de banlieue, Sarah Lemon avait allumé le moteur de la Ford Taurus bleue.

Tout ce qui lui restait à faire, à présent, c'était attendre. Les gaz d'échappement feraient le reste. Ce serait si facile. Elle le méritait bien. Elle prit une gorgée de vodka, qu'elle recracha à moitié. Son téléphone jouait la chanson triste en boucle, à peine audible par dessus le bruit du moteur.

*Je me réveille le matin et je me demande*
*Pourquoi tout est toujours pareil*
*Je ne comprends pas, je ne comprends pas*
*Pourquoi la vie est comme elle est.*

« Fiche-moi la paix », murmura-t-elle, en pensant à Ethan, à sa pose crâneuse, à ses cheveux épais, à sa démarche. Il le regretterait, se dit-elle. Il se sentirait coupable.

*Pourquoi mon cœur bat-il encore ?*

La tête lui tournait terriblement.

*Pourquoi ces yeux pleurent-ils toujours ?*

Elle s'affaissa.

*Ne savent-ils donc pas*

Elle toussa.

*Que c'est la fin du monde ?*

Elle toussa encore.

*Il est mort quand tu m'as dit adieu.*

Ses yeux allaient se fermer – et puis tout sembla s'arrêter. Derrière le pare-brise, elle crut voir un homme s'approcher. Et elle crut l'entendre crier.

# 63

**Dor poussa un cri de colère impuissante.**

Il avait tourné le sablier – et après, que pouvait-il faire ? Il pouvait ralentir le temps, mais jamais l'arrêter complètement. Les voitures qu'il avait examinées continuaient à bouger, mais simplement à une vitesse infime. Les gens qu'il avait observés continuaient à respirer, mais si lentement qu'ils ne s'apercevraient jamais de sa présence.

Le sablier lui donnait le pouvoir de déformer et de comprimer le temps – pouvoir au-delà de toute compréhension – mais Dor savait que cela ne suffisait pas. Le temps finissait par s'écouler. Au bout du compte, Victor serait couvert de glace. Au bout du compte, le monoxyde de carbone se répandrait dans le sang de Sarah, provoquant hypoxie, intoxication du système nerveux et crise cardiaque.

Ce n'était sûrement pas pour cela que Dor avait été envoyé sur Terre – pour les regarder mourir. Ils étaient la mission de Dor, sa destinée. Pourtant, tous deux avaient pris des décisions extrêmes avant qu'il puisse intervenir. Il avait échoué. Il était trop tard.

À moins que…

*Ce n'est jamais trop tard ou trop tôt*, avait dit le vieil homme. *Tout vient en son temps..*

Dor s'accroupit devant deux poubelles. Il joignit les mains et les plaqua contre ses lèvres, fermant les yeux, comme il le faisait dans la caverne, essayant d'isoler sa voix intérieure parmi les millions de voix du dehors.

*Tout vient en son temps..*

À cet instant ? Mais alors, comment rester à cet instant ? Dor réfléchit à tout ce qu'il savait du temps.

Quelle était la constante ?

*Le mouvement*. Oui. Le mouvement était inséparable du temps. Le soleil couchant. L'eau qui coulait. Les pendules. Le sable qui s'écoulait. Pour accomplir son destin, il fallait arrêter ce mouvement. Il devait arrêter *complètement* le cours du temps…

Dor ouvrit les yeux. Il se leva d'un bond, prit Sarah par les genoux et les épaules et la sortit de la voiture.

L'année était presque terminée. Le nouvel an n'était qu'à quelques minutes. Père Temps transporta la jeune fille mourante dans la neige ; on pouvait compter les flocons suspendus à la lumière de la lune.

**Il avançait dans un paysage hivernal, rempli de voitures et de lumières festives.**

Il avançait, la tête de Sarah ballant sur sa poitrine, les yeux entrouverts, levés vers lui. Il avait de la peine pour cette fille. *Celle qui ne veut pas assez de temps*. C'est ainsi que le vieil homme l'avait décrite.

Dor pensa à ses propres enfants. Il se demanda s'ils étaient devenus aussi malheureux, désireux de quitter le monde. Il espérait que non. Mais lui-même n'avait-il pas souhaité bien des fois que sa vie s'arrête ?

Dor longea une voie rapide, traversa un tunnel et passa devant le parking d'un stade bondé, avec des panneaux « FÊTE TOUTE LA NUIT », « HIP-HOP DU NOUVEL AN ». Dor marcha pendant deux jours à sa pendule, à peine une seconde de notre temps, et arriva dans la zone industrielle, devant le bâtiment de cryogénisation, dans la pénombre.

Il devait réunir Victor et Sarah. Si cet instant était celui qui devait arriver, Dor ne pourrait plus traverser deux existences à la fois.

Il porta Sarah dans l'entrepôt, près des grands cylindres, et la posa contre le mur. Puis il se rendit dans la pièce où l'on préparait Victor. Il sortit son corps du lit et alla l'installer dans l'entrepôt, à côté de Sarah. Il leur tâta le pouls et le sentit, très faible. Ils étaient en suspension, mais toujours vivants.

Cela voulait dire que Dor avait une chance.

**Il s'accroupit entre Sarah et Victor et plaça leurs mains sur le sablier.**

Il serra leurs doigts autour des socles du sablier, dans l'espoir que cela les relierait à la source de son pouvoir. Puis il posa sa propre main sur le sommet, serra fort et tourna.

Le sommet se dévissa. Il l'enleva. L'objet flotta dans l'air, projetant une lumière bleue sur leurs trois silhouettes. Dor regarda à l'intérieur de la partie ouverte et vit le sable blanc exposé à l'air libre, fin et étincelant comme des diamants.

*Ici se trouvent tous les moments de l'univers.*

Dor hésita. Soit il ne se trompait pas, et son histoire connaîtrait une fin encore inconnue, soit il se trompait, et son histoire était finie.

Il joignit le pouce et l'index et, chuchotant « Alli » – s'il devait périr, il voulait que ce soit son dernier mot –, il enfonça les doigts dans le sable, vers l'étroit chenal qui séparait les deux parties.

Son esprit fut aussitôt envahi d'un milliard d'images vertigineuses. Il sentit un picotement quand la chair fondit sur ses os, qui s'allongèrent, pareils à des chiffres romains, et se glissèrent dans le sablier. Chaque instant de l'univers passa dans la conscience de Dor ; son esprit aussi voyagea dans le verre, traversant ce qui était déjà passé et ce qui était encore à venir.

Enfin, avec une force qui n'était pas humaine, Dor serra ses doigts filiformes. Ses yeux semblèrent exploser de couleurs. Sa tête fut projetée en arrière.

Il avait saisi un grain de sable, à l'instant précis où il allait toucher le fond.

Et voilà ce qui se passa ensuite…

**Sur les plages, de Los Angeles à Tripoli, les vagues de l'océan se figèrent.**

Les nuages s'arrêtèrent. Le climat aussi. Au Mexique, les gouttes d'eau restèrent en suspension ; en Tunisie, une tempête de sable se figea en un tourbillon permanent.

Plus un bruit sur terre. Les avions restaient suspendus au-dessus des pistes. Des bouffées de cigarette solidifiées entouraient les fumeurs. Les téléphones se turent. Les écrans étaient vides. Nul ne parlait. Nul ne respirait. Le soleil et l'obscurité séparaient la planète, et les feux d'artifice du nouvel an éclaboussaient le ciel, immobiles, dégouttant de mauve et de vert, comme si des enfants avaient dessiné dans le firmament avant de s'enfuir.

Nulle naissance, nul décès. Nul rapprochement. Nul éloignement. La marche proverbiale du temps était tombée à genoux.

Un homme.

Un grain de sable.

Père Temps avait arrêté le monde.

# L'IMMOBILITÉ

# 64

**Victor se serait attendu à souffrir davantage.**

Au-delà du cancer, de son foie en décomposition, Victor pensait que le choc d'une congélation intégrale provoquerait un traumatisme. Une fois, lors d'un événement sportif – une fête – on lui avait jeté un seau d'eau glacée sur la tête. Il avait eu l'impression de se faire déchirer les terminaisons nerveuses au couteau. Il pouvait à peine imaginer l'effet d'une immersion complète dans la glace. Il avait fermé les yeux dans les locaux de cryogénisation, se préparant au choc.

Au lieu de cela, il éprouva une légèreté soudaine, une liberté de mouvement qu'il avait oubliée depuis longtemps. Il agrippa un côté du lit – et à cet instant il sentit que ce n'était pas le lit mais… une sorte de *sablier*, et qu'il était dans l'entrepôt aux énormes cylindres en fibre de verre et… qu'est-ce qui était arrivé ?

Il se leva.

Pas de douleur.

Pas de fauteuil roulant.

« Vous êtes qui, vous ? » demanda une voix de jeune fille.

## 65

**Sarah croyait tenir le volant.**

Mais sa vision s'éclaircit et elle vit qu'elle avait la main sur un sablier étrange. Un rêve, se dit-elle. Obligé. Une pièce où elle n'avait jamais été ? Un vieux type en robe de chambre, endormi par terre ? Elle se sentait bien. L'alcool ne lui faisait même pas tourner la tête. Elle se leva et regarda autour d'elle, libre et légère, comme dans les rêves, quand les pieds ne touchent pas le sol.

*Mais...*

Elle tapa du pied. Et ne sentit pas le sol.

*Mais...*

Où était passé le garage ? La voiture ? La chanson ? Elle se rappela soudain l'obscurité qui l'avait engloutie, si profondément qu'elle avait voulu mourir. Mais était-elle morte ? Où était-elle ?

Elle sortit de l'entrepôt et prit un couloir qui la mena à une petite pièce. Elle jeta un œil et recula instinctivement. Elle crut voir quatre hommes autour d'une grande baignoire – mais ils ne bougeaient pas. Elle n'entendait aucun bruit. Tout à coup, l'endroit ressembla à l'un de ces cauchemars pleins de zombies, et Sarah retourna en hâte dans la grande salle où elle s'était réveillée. Le vieux type était debout et il bougeait.

« Vous êtes qui, vous ? » hurla-t-elle.

Il la fusilla du regard.

« Et vous, qui êtes-vous ? répliqua-t-il. Comment êtes-vous entrée ici ? »

Sarah ne s'était pas attendue à une réponse – en tout cas, pas aussi sèche. Elle se sentit soudain terrifiée. Et si ce n'était pas un rêve ? Qu'est-ce qu'elle avait fait ? Elle vit une porte ouverte, près de la zone de chargement. Elle s'y engouffra et sortit dans la nuit enneigée. Au bout de la rue, une voiture aux phares allumés, mais immobile. Une station-service apparemment ouverte, mais un client tenait un tuyau dans ses bras comme une sentinelle son fusil. Chose plus étrange encore, les flocons de neige étaient immobiles dans le ciel. Sarah agita la main et les traversa.

Elle tomba par terre et se recroquevilla, fermant les yeux éperdument, tâchant de comprendre si elle était morte ou vivante.

## 66

**Victor se demanda s'il était entre deux mondes.**

Il avait entendu des histoires de gens qui avaient connu des expériences de mort imminente. Peut-être cela arrivait-il quand on était congelé vivant. Le corps se bloquait, mais l'esprit vagabondait. Pas de fauteuil roulant ? Pas de canne ? Finalement, ce n'était pas le pire d'être libéré de sa chair et de ses os jusqu'à ce que la science vous rappelle pour le deuxième acte.

Deux choses l'inquiétaient encore.

Il se trouvait toujours à l'intérieur de son corps.

Et cette fille, qu'est-ce qu'elle faisait là ?

Elle portait un T-shirt vert et un pantalon de jogging noir, et il ne l'avait jamais vue. Un souvenir fugace, aléatoire ? L'un de ces visages qui apparaissent en rêve mais qu'on n'arrive jamais à identifier ?

De toute façon, elle était partie à présent. Victor passa devant les réservoirs géants de nitrogène liquide et se demanda s'il n'en occupait pas déjà un, dans une autre dimension. Ce pouvait être l'explication. Son corps à l'intérieur, son âme à l'extérieur ? Mais comment le temps pouvait-il avancer ailleurs, alors qu'il n'avançait pas ici ?

Victor essaya de toucher les cylindres, mais en vain. Il tenta de saisir une échelle, mais ses mains n'y arrivaient pas. En fait, il ne pouvait rien toucher de ce qu'il voyait. Comme s'il voulait sentir son reflet dans le miroir.

**« C'est quoi, cet endroit ? »**

Il se retourna subitement. La fille était revenue, les bras repliés sur la poitrine comme si elle avait froid.

« Pourquoi je suis ici ? demanda-t-elle, tremblante. Et qui vous êtes ? »

C'était au tour de Victor de se sentir perdu. Si son esprit se projetait, rien n'expliquait la présence de cette autre personne, également consciente – et qui lui posait des questions.

À moins que…

Son corps se trouvait également dans le réservoir. Elle était congelée, elle aussi ?

« C'est quoi, cet endroit ? répéta-t-elle.

— Vous ne le connaissez pas ?

— Jamais vu.

— C'est un laboratoire.

— De quoi ?

— Pour entreposer les gens.

— Entreposer… ?

— En les congelant. »

Elle écarquilla les yeux et fit un pas en arrière : « Je ne veux pas… non…

— Pas vous », acheva Victor.

Il s'approcha d'un cylindre et tenta à nouveau de le toucher. Rien. Il vit les fleurs dans les boîtes blanches numérotées et voulut leur donner un coup de pied – mais il ne parvint même pas à faire bouger un pétale.

Tout cela était absurde. Son corps, à lui ? Et cette fille ? Tous ces projets soigneusement contrôlés ? Victor glissa au sol, mais il ne sentit rien sous lui.

« Il y a des gens *à l'intérieur* de ces trucs ? demanda-t-elle.

— Oui.

— Et vous deviez y aller aussi ? »

Victor détourna les yeux.

Sarah s'assit aussi, à une distance respectueuse.

« Mon Dieu… murmura-t-elle. Pourquoi ? »

## 67

**Au fil des ans, Victor avait rarement parlé de sa vie à des inconnus.**

Il n'accordait presque jamais d'interviews, estimant que, dans la finance, le secret était un allié. On pouvait communiquer involontairement des informations précieuses, et le lendemain, un rival vous coiffait au poteau. Il fallait être rapide ou mort. Dans le monde des affaires, c'était une plaisanterie : « Il n'y a que deux formes de vie. Les rapides et les morts. »

À présent, Victor Delamonte n'était ni l'un ni l'autre.

Ce décor – ce vide, dans les locaux du laboratoire de cryogénisation – était soit un purgatoire, soit une hallucination. Dans tous les cas, Victor n'avait plus besoin du secret. Il raconta donc à une fille en jogging ce qu'il n'avait raconté à presque personne : son cancer, sa maladie des reins et sa dialyse, ses projets pour éviter la mort en obtenant une nouvelle vie, dans un avenir lointain.

Il lui dit qu'elle ne devrait pas être là, dans cet entrepôt. Il lui dit qu'il devait se réveiller dans de nombreuses années ; il serait alors un miracle médical vivant, pas un fantôme.

Elle écouta son histoire. Elle acquiesça même en entendant certaines références scientifiques, ce qui étonna Victor. Cette fille était plus futée qu'elle en avait l'air (on aurait dit qu'elle avait dormi sur un banc dans un parc). Victor s'arrêta juste avant d'avouer qu'il était à quelques secondes d'être immergé dans la glace. Cela lui paraissait trop.

À un moment, la fille lui demanda ce que pensait sa femme de cette congélation.

Victor hésita.

« Ah, dit-elle. Vous ne lui avez pas dit. »

Plus futée qu'elle en avait l'air.

# 68

**Autrefois, Sarah Lemon parlait avec ses parents.**

Ces souvenirs lui revinrent en écoutant Victor. Enfant, elle s'asseyait dans leur chambre, jouant avec les broderies d'un coussin et répondant à leurs questions sur l'école. C'était une excellente élève, douée en maths et en sciences, et son père, Tom, un technicien de laboratoire, se tenait devant le miroir, passait la main dans ses cheveux blonds clairsemés et lui disait de continuer comme ça ; si elle voulait devenir médecin, il n'en attendrait pas moins d'elle. Lorraine, qui vendait des publicités à la radio, tirait sur sa cigarette dans le lit et disait : « Je suis fière de toi, ma chérie. Cours me chercher une glace, tu veux ?

— Tu en as déjà eu une, tu n'as pas besoin d'une autre », disait Tom.

Ils divorcèrent quand Sarah avait douze ans. Pour Lorraine, ce fut la maison, les meubles et toutes les glaces qu'elle voulait, et la garde complète de leur fille unique. Pour Tom, des implants capillaires, un bateau, et une jeune amie nommé Melissa, qui n'avait aucune envie de passer du temps avec la fille d'une autre. Ils se marièrent et déménagèrent dans l'Ohio.

En public, Sarah prit le parti de sa mère ; elle se disait heureuse de vivre avec « le bon parent », celui qui n'avait pas tout gâché. Mais au fond, comme de nombreux enfants, l'autre lui manquait, et elle se demandait dans quelle mesure l'échec du mariage était sa faute. Moins son père l'appelait, plus elle avait envie de le voir ; plus sa mère l'embrassait, moins elle voulait qu'elle l'embrasse. Elle ressemblait à sa mère et parlait comme elle ; et, en classe de seconde, elle eut l'impression d'être sa mère, mal aimée et peut-être incapable d'être aimée. Elle mangeait trop et prenait du poids, et elle s'éloignait des autres élèves, restant à étudier parce que son père l'avait admirée et qu'elle espérait en secret que cela les rapprocherait. Elle lui envoyait ses bulletins chaque semestre. Parfois, il répondait avec un mot : *« Bien joué, Sarah. Continue ».* Parfois il ne répondait rien.

Au lycée, elle avait peu d'amis et son emploi du temps était prévisible : labo de sciences, passages en librairie, week-ends à la maison sur son ordinateur, et des fêtes dont elle entendait parler – au passé – le lundi matin par les autres. Quelques garçons de sa classe de maths l'avaient approchée et elle était même sortie avec deux ou trois d'entre eux – au cinéma, à une boum de lycée, dans des salles de jeux vidéo ; elle les avait même embrassés quelques fois pour voir ce dont tout le monde parlait, mais ces garçons finirent par ne plus l'appeler, ce dont elle fut secrètement soulagée. Elle n'avait jamais ressenti la moindre étincelle, et pensait que cela ne lui arriverait jamais.

Ethan avait tout changé. Il avait mis fin à cet

éloignement mortifère. En pensant à son visage, elle oubliait tout le reste. Sarah aurait donné le monde pour Ethan. Et c'est ce qu'elle avait fait.

Mais il n'avait jamais vraiment voulu d'elle. Et à la fin, il l'avait démasquée, révélant ce qu'elle avait toujours craint : elle était pitoyable. Après, c'était un puits sans fond.

Sarah dit presque tout à Victor, le vieil homme en robe de chambre, après qu'il lui eut raconté l'histoire de la congélation et de sa femme. Ils étaient seuls dans cet étrange entrepôt, et Sarah avait atteint un niveau d'épuisement et de confusion mentale où elle pensait que, peut-être, cet homme en savait plus qu'il ne le disait. Pourtant, plus elle avançait dans l'histoire d'Ethan, plus elle sentait la dépression s'abattre de nouveau sur elle. Elle s'arrêta juste avant les derniers moments dans le garage, avec la vodka, la chanson triste et le moteur qui tournait. Elle n'avouerait pas qu'elle avait essayé de se tuer. Pas à un parfait inconnu.

Lorsqu'il lui demanda comment elle était arrivée dans ces locaux, elle répondit qu'elle l'ignorait – ce qui était vrai. Elle s'était juste réveillée, un sablier à la main.

« Je me rappelle qu'on m'a portée.

— Portée ?

— Le type, il m'a portée.

— Quel type ?

— Celui du magasin d'horlogerie. »

Victor la regarda comme si elle était tout à coup devenue bleue.

Derrière un cylindre, ils entendirent un bruit.

## 69

**Dor toussa.**

Il ouvrit les yeux, comme s'il sortait du sommeil, même s'il n'avait pas dormi depuis des millénaires. Il gisait sur le sol, et dut cligner des yeux à plusieurs reprises pour voir Victor et Sarah qui se tenaient au-dessus de lui.

Ils le bombardèrent aussitôt de questions : « Qui êtes-vous ? » « Où sommes-nous ? » tandis que Dor essayait de s'éclaircir les idées. Il se rappelait seulement les couleurs hurlantes et le monde qui virait au noir, et cette sensation de tomber dans les airs, avec le sablier – où était le sablier ? – et puis il vit que Sarah le tenait serré dans sa main, le sommet revissé, et il comprit enfin que s'ils étaient vivants, il avait bien deviné. Maintenant, ils pourraient…

Un instant.

Il venait de tousser ?

« Qu'est-ce que vous avez à voir avec tout ça ? demanda Victor.

— Comment je suis arrivée ici ? ajouta Sarah.

— Est-ce qu'on m'a drogué ?

— Où est ma maison ?
— Pourquoi est-ce que je me sens bien, d'un coup ?
— Où est la voiture ? »

Dor n'arrivait pas à se concentrer. Il avait toussé ! Pendant toute son éternité dans la caverne, il n'avait jamais toussé, éternué, ni même respiré fort.

« Parlez-nous, dit Victor.
— Parlez-nous », dit Sarah.

Dor regarda sa main droite. La chair était revenue sur ses doigts. Il avait le poing serré. Il l'ouvrit.

Un grain de sable.

**Sur le mur de sa caverne, Dor avait autrefois gravé l'image d'un pilon.**

Il symbolisait la naissance de leur premier enfant. À l'époque de Dor, en cas de grossesse difficile, les sages-femmes devaient apaiser le ventre avec des huiles ou un pilon spécial. Dor les regardait opérer sur la matrice d'Alli, qui avait crié tandis qu'on priait pour elle. Le bébé était né en bonne santé ; et Dor se demanda souvent comment un simple objet – un pilon, que l'on trouvait même chez les plus pauvres – pouvait avoir un effet sur un événement aussi important.

La réponse, telle qu'Asu la lui révéla par la suite, était que seul un pilon magique y parvenait. La magie venait des dieux. Et lorsque les dieux touchaient un objet, le normal devenait surnaturel, et le simple merveilleux.

Un pilon pour faire naître un enfant.

Un grain de sable pour arrêter le monde.

En regardant cette jeune fille en jogging et ce vieil homme en robe de chambre, Dor comprit que la magie des éléments l'avait emmené jusqu'à ce point-là, mais pas plus loin.

Le reste lui appartenait.

« Dites-nous, demanda Sarah d'une voix où perçait l'angoisse. Est-ce que nous sommes… morts ? »

Dor se leva péniblement.

« Non », dit-il.

Pour la première fois en six mille ans, il se sentait fatigué.

**« Vous n'êtes pas morts, commença-t-il. Vous êtes au cœur d'un instant. »**

Il montra le grain de sable.

« Celui-ci.

— De quoi parlez-vous ? demanda Victor.

— Le monde s'est arrêté. Vos vies y sont arrêtées – mais vos âmes sont ici, en ce moment. Ce que vous avez fait jusqu'à présent ne peut être défait. Ce que vous allez faire ensuite… »

Il hésita.

« Quoi ? demanda Victor. Quoi ?

— Ce n'est pas encore écrit. »

Sarah et Victor échangèrent un regard. Tous deux revoyaient leur dernier souvenir : Sarah inconsciente dans la voiture, en train d'inhaler des toxines ; Victor au-dessus de la glace, prêt à devenir une expérience médicale.

« Comment je suis arrivée ici ? demanda Sarah.

— Je vous ai portée, dit Dor.

— Qu'est-ce que nous faisons, maintenant ? intervint Victor.

— Il y a un plan.

— Lequel ?

— Je ne le connais pas encore.

— Comment peut-il y avoir un plan si vous ne le connaissez pas ? »

Dor se frotta les tempes à plusieurs reprises. Il tressaillit.

« Ça va ? demanda Sarah.

— La douleur.

— Je ne comprends pas. Pourquoi nous ?

— Votre destin est important.

— Plus que le reste du monde ?

— Pas plus.

— Comment vous nous avez trouvés, d'abord ?

— J'ai entendu vos voix.

— Arrêtez ! lança Victor. Arrêtez. Ça suffit. Des voix ? Le destin ? Vous êtes réparateur dans une horlogerie.

— En ce moment, répondit Dor, vous ne devriez pas vous fier à vos yeux. »

Victor détourna le regard, essayant, comme toujours, de résoudre le problème lui-même quand les autres étaient incompétents. Dor leva la tête et ouvrit la bouche : sa voix était celle d'un Français de neuf ans.

*« Faites qu'on soit hier. »*

Victor se retourna d'un bond, en reconnaissant sa voix. Celle-ci prit les inflexions plus graves d'un adulte : *« Encore une vie. »* Dor se tourna vers Sarah et dit : *« Arrêtez le temps. »* Elle crut que c'était elle.

Sarah et Victor restèrent abasourdis. Comment cet homme pouvait-il connaître leurs pensées intimes ?

« Avant que je vienne à vous, expliqua Dor, vous étiez venus à moi. »

Sarah le regarda de plus près :

« Vous ne réparez pas vraiment les pendules, pas vrai ?

— Je les préfère en panne.

— Pourquoi donc ? » demanda Victor.

Dor contempla le grain de sable sur son doigt : « Parce que je suis le pécheur qui les a créées. »

# L'AVENIR

## 70

**À l'époque heureuse que Dor passa sur terre, son fils lui posa une question inhabituelle.**

« Avec qui vais-je me marier ? »

Dor sourit et répondit qu'il ne le savait pas.

« Mais les pierres peuvent te dire ce qui va se passer.

— Les pierres me disent bien des choses. Elles me disent quand le Soleil se lèvera, quand il se couchera, et combien de nuits il y aura avant que la Lune soit ronde comme ton visage. »

Il pinça la joue de son fils. L'enfant se mit à rire.

« Mais ça, ce sont des choses difficiles, dit-il.

— Difficiles ?

— Le Soleil et la Lune. C'est loin. Moi, je veux juste savoir avec qui je me marierai. Si tu peux savoir des choses difficiles, pourquoi tu ne peux pas me dire avec qui je me marierai ? »

Dor sourit intérieurement. Son fils lui posait le genre de question qu'il posait quand lui-même était petit. Et Dor se rappelait sa frustration de ne pouvoir obtenir de réponse.

« Qu'est-ce que tu veux savoir ?

— Eh bien, dit le garçon, si les pierres disaient que je me marierai avec Iltani, je serais content. »

Dor hocha la tête. Iltani était jolie et timide, fille d'un briquetier. Elle pourrait faire une belle épouse, en effet.

« Et si les pierres disent que tu épouseras Gildesh ? »

Comme Dor s'y attendait, son fils fit la tête.

« Gildesh, elle est trop grosse et trop bavarde ! protesta le garçon. Si les pierres disaient ça, je m'enfuirais tout de suite ! »

Dor se mit à rire et lui ébouriffa les cheveux. L'enfant prit l'une des pierres et la jeta.

« Non, pas Gildesh ! » s'écria-t-il.

Dor regarda la pierre voler dans la cour.

**En regardant Sarah, Dor se rappelait ce moment.**

Il se demanda ce qu'était devenue la jeune Gildesh – avait-elle été rejetée par les hommes, comme Sarah ? Dor pensa à la pierre que son fils avait jetée dans la cour, à cette idée de jeunesse que l'on pouvait se débarrasser de l'avenir si on ne l'aimait pas – et soudain il comprit ce qu'il devait faire.

Il examina l'intérieur du sablier et vit, comme il s'en doutait, que le sable du haut restait en haut, et celui du fond restait au fond. Rien ne se passait entre les deux. Le temps n'avançait pas.

Dor dévissa à nouveau le socle du haut.

« Que faites-vous ? demanda Victor.

— Ce que l'on m'a ordonné de faire », répondit Dor.

Il déversa le sable de la partie supérieure – le sable de ce qui devait advenir – et le sable se déversa encore, et encore, sur le sol de l'entrepôt, plus de sable que cent sabliers pouvaient en contenir. Puis Dor posa le sablier sur le côté, et il s'agrandit jusqu'à devenir un tunnel immense où pénétrait le chemin de sable, miroitant comme la lune sur l'océan.

Dor ôta ses chaussures et s'engagea sur le chemin. Il fit signe à Sarah et Victor de le suivre.

« Venez », dit-il.

Il jeta un œil à ses bras. Pour la première fois en six mille ans, il transpirait.

**Einstein postula un jour que si l'on voyageait à une vitesse colossale, le temps ralentirait par rapport au monde extérieur,**

et qu'ainsi, voir l'avenir sans vieillir était, du moins théoriquement, possible.

Sarah avait étudié ce principe en classe de physique. Tout comme Victor, des décennies avant. À présent, dans l'espace suspendu d'une respiration, ils devaient mettre cette théorie à l'épreuve, avancer dans un monde figé, marcher sur du sable dans un sablier géant à la demande d'un homme mince aux cheveux sombres vêtu d'un polo noir qui – pour ce qu'ils en savaient – travaillait dans une boutique d'horlogerie.

« Vous venez ? demanda Sarah à Victor.

— Je n'y crois pas du tout, répondit-il. J'avais des documents. Des contrats. Quelqu'un sabote délibérément mes projets. »

Sarah hésita. Sans trop savoir pourquoi, elle avait vraiment envie que ce vieil homme l'accompagne, ne serait-ce que pour ne pas rester seule. Elle avait l'impression que ce serait son ami le plus important.

« S'il vous plaît ? » murmura-t-elle.

Victor détourna les yeux. Toutes les fibres rationnelles de son être lui disaient non. Il ne connaissait pas cette fille. Et ce type de l'horlogerie pouvait être n'importe qui, un charlatan, un imposteur… mais à la façon dont elle avait dit « s'il vous plaît »… aussi idiot que cela paraissait, c'étaient les mots les plus purs qu'il ait entendus depuis des mois. Peu de gens approchaient Victor d'assez près pour lui poser des questions personnelles.

Victor jeta un regard aux locaux de cryogénisation. Tout ce qui l'attendait là, c'était un paysage glacé, intouchable. Il se tourna vers Sarah.

C'est quand nous sommes le plus seuls que nous acceptons la solitude d'un autre.

Victor lui prit la main.

Les ténèbres les engloutirent.

# 71

**Au début, ils eurent l'impression de grimper sur un pont invisible.**

Ils montaient dans un vide sombre et profond, ne voyant que l'empreinte sablonneuse qu'ils laissaient derrière eux, une lueur dorée qui disparaissait dans les ténèbres.

Sarah serra la main de Victor.

« Ça va ? » demanda-t-il.

Sarah fit signe que oui ; ils redescendirent et elle lui serra la main encore plus fort. Elle tremblait, comme si un sort terrible l'attendait. Sarah n'était pas comme lui, pensa Victor. Lui était impatient de voir comment sa deuxième vie se déroulerait. Mais quelque chose de terrible était arrivé à cette fille. Même si elle semblait intelligente, elle était fragile, au fond d'elle-même.

**Ils descendirent dans la brume. Quand elle se leva, ils se trouvèrent à l'intérieur d'un entrepôt, avec de la nourriture et des boissons sur des étagères.**

« Qu'est-ce que c'est ? demanda Victor à Dor. Où sommes-nous ? »

Dor ne répondit rien, mais Sarah reconnut aussitôt l'endroit. C'était le lieu de son rendez-vous fatal avec Ethan. *« Suis chez mon oncle si tu veux venir. »* Elle s'était rejoué cette soirée tant de fois – les baisers, la vodka, et la fin. Et tout à coup, voilà qu'il était là, le garçon de ses rêves, avec son jean et son sweat à capuche ; il se dirigeait vers eux. Sarah resta pétrifiée – mais il passa devant eux sans un regard.

« Il ne peut pas nous voir ? demanda Victor.

— Nous ne sommes pas dans son temps, répondit Dor. Ce sont les jours à venir.

— Le futur ?

— Oui. »

Victor remarqua l'expression de Sarah.

« C'est lui, le gars ? demanda-t-il.

— Oui. »

Sarah sentait son cœur se briser rien qu'à revoir Ethan. Si c'était cela le futur, est-ce qu'elle avait disparu ? Et si elle avait disparu, est-ce qu'Ethan regrettait ce qu'il avait fait ? Il était seul. Il pianotait sur son téléphone. Peut-être qu'il pensait à elle. Peut-être qu'il était allé à l'entrepôt pour ça. Peut-être qu'il la regrettait, qu'il regardait sa photo, comme elle regardait si souvent la sienne. Sarah commença à s'avancer vers lui – il sourit et leva le pouce avec un petit cri de victoire. Elle entendit un bip : il jouait à un jeu vidéo.

Un coup frappé à la porte attira soudain son attention. Il alla ouvrir et une fille entra, de l'âge de Sarah, coiffée avec soin, les mains dans les poches de son manteau. Sarah remarqua son maquillage abondant.

« Salut, ça va ? » demanda Ethan.

Sarah frissonna. Ces mots-là.

Elle les écouta parler. La fille disait que les gens le rendaient responsable et que c'était injuste.

« Je sais, hein, dit Ethan. J'ai rien fait. C'était de sa faute à elle. Toute cette histoire est partie en vrille. »

La fille ôta son manteau et demanda si elle pouvait se servir sur les étagères. Ethan prit deux boîtes de biscuits, et aussi une bouteille de vodka.

« Quand tu bois, t'es le roi », déclara-t-il.

Sarah sentit ses jambes se dérober, comme si on l'avait frappée derrière les genoux. Au moment de sombrer dans la mort, sa dernière pensée avait été qu'Ethan serait désolé, que ses tourments seraient aussi grands que les siens. Mais se faire mal pour infliger de la souffrance aux autres, ce n'est qu'un appel à l'aide, l'expression d'un manque d'amour. Et cet appel, comprit Sarah en voyant Ethan prendre deux verres en plastique, avait été aussi peu perçu que les sentiments qu'elle lui avait déclarés sur le parking.

Sa mort était aussi insignifiante que sa vie.

Elle regarda Dor d'un air implorant.

« Pourquoi m'avez-vous emmenée ici ? » demanda-t-elle.

**Les murs semblèrent fondre, le décor changea. Ils se trouvaient à présent dans le foyer où Sarah travaillait le samedi. Des sans-abri faisaient la queue pour le petit déjeuner.**

Une femme âgée servait la bouillie d'avoine. Un homme avec une casquette bleue s'avança.

« Où est Sarah ? demanda-t-il.

— Elle n'est pas ici aujourd'hui, répondit la femme.

— Sarah me donne toujours des bananes en plus.

— D'accord, je vous en donne.

— J'aime bien cette fille. Elle ne parle pas beaucoup, mais je l'aime bien.

— On n'a pas de nouvelles d'elle depuis quinze jours.

— J'espère qu'elle va bien.

— Moi aussi.

— Je prierai pour elle, alors. »

Sarah tressaillit. Elle n'aurait jamais cru que quelqu'un connaissait son nom. Et elle n'aurait certainement jamais cru qu'elle leur manquerait.

*J'aime bien cette fille. Elle ne parle pas beaucoup, mais je l'aime bien.*

Sarah regarda l'homme s'asseoir avec d'autres sans-abri. Malgré leurs conditions de vie terribles, ils continuaient à vivre, s'en sortant du mieux qu'ils pouvaient. Sarah se demanda comment elle avait pu ne pas s'en rendre compte, chaque samedi, éblouie qu'elle était par ce garçon. L'homme qui aimait les bananes pensait plus à elle qu'Ethan.

La honte monta en elle.

Elle se tourna vers Dor.

Hésita.

« Où est ma mère ? » murmura-t-elle.

**Le décor changea encore. C'était le jour. Des tas de neige encombraient les trottoirs.**

Sarah, Dor et Victor se trouvaient sur le parking d'un vendeur de voitures. Un commercial sortit du bureau, vêtu d'une parka et tenant un cahier. Il les traversa et s'approcha d'une camionnette grise, côté passager.

Lorraine était assise à l'intérieur.

« Il fait un froid glacial, dit l'homme derrière la vitre, son haleine changée en buée. Vous êtes sûre que vous ne voulez pas entrer ? »

Lorraine fit signe que non et signa rapidement les papiers. Sarah s'approcha prudemment d'elle.

« Maman ? » chuchota-t-elle.

Le commercial reprit les papiers. Lorraine le regarda partir, les lèvres crispées, des larmes roulant sur les joues. Sarah se rappela toutes les fois où elle avait pleuré ainsi dans les bras de sa mère, parce qu'on se moquait d'elle à l'école, ou à cause du divorce. Sa mère, même si elle était parfois à la masse, avait toujours trouvé du temps pour elle. Elle lui caressait les cheveux et lui disait que tout irait bien

Et maintenant, Sarah ne pouvait pas lui rendre la pareille.

Elle vit un autre homme s'approcher. Il rangeait des papiers dans une enveloppe. Son oncle Mark, de Caroline du Nord. Il se mit au volant.

« Ça y est, dit-il. Désolé de t'avoir fait venir, mais ils ne l'auraient pas prise sans ta signature.

— Je ne veux plus jamais revoir cette voiture, souffla Lorraine.

— Oui. »

En silence, ils regardèrent le commercial conduire la Ford bleue au fond du parking.

« Allons-y, dit Mark.

— Attends. »

Lorraine garda les yeux fixés sur la voiture jusqu'à

ce qu'elle disparaisse au bout d'un virage. Puis elle éclata en sanglots.

« J'aurais dû être là, Mark.

— Ce n'est pas ta faute…

— Je suis sa mère !

— Ce n'est pas ta faute.

— Pourquoi elle a fait ça ? *Pourquoi je ne savais pas ?!* »

Il essaya maladroitement de la prendre dans ses bras, gêné par leurs manteaux d'hiver.

Sarah serrait les poings, au bord du malaise. Elle avait tellement pensé à fuir son propre malheur qu'elle n'avait pas songé à celui qu'elle provoquerait. Elle vit sa mère serrer l'enveloppe contre sa poitrine, se raccrochant à ce reçu d'une voiture que Sarah avait utilisée pour se tuer – parce que ce serait le dernier souvenir qu'elle garderait de sa fille.

Dor se tourna vers Sarah et répéta doucement la question de Lorraine :

« Pourquoi ? »

**Pourquoi ?**

Pourquoi mettre fin à sa vie ? Pourquoi mourir dans un garage ? Pourquoi infliger cette souffrance à tous ceux qu'elle aimait ?

Sarah voulut tout expliquer, l'humiliation du rejet d'Ethan, la honte provoquée par ses amis, le traumatisme de voir ses secrets exhibés sur un écran d'ordinateur, de voir son avenir tellement détruit que mourir asphyxiée semblait un soulagement.

Elle voulut accuser Ethan et toute son existence pourrie, mais en voyant le garçon, en voyant sa mère, en voyant le monde après celui qu'elle avait connu, tout cela l'emmena au plus profond de son questionnement, à la fin du déni, et la vérité l'entoura tel un cocon, et tout ce qu'elle trouva à dire fut : « J'étais tellement seule. »

Et Père Temps dit : « Tu n'as jamais été seule. »

**Il posa la main sur les yeux de Sarah.**

Quand il l'ôta, elle vit tout à coup une caverne, et un homme barbu, le menton entre les mains, les yeux fermés.

« C'est vous ? murmura Sarah.

— Séparé de celle que j'aime.

— Depuis combien de temps ?

— Aussi longtemps que le temps. »

Elle le vit se lever et graver un symbole sur les murs. Trois vagues.

« Qu'est-ce que c'est ?

— Ses cheveux.

— Pourquoi est-ce que vous les dessinez ?

— Pour me souvenir d'elle.

— Elle est morte ?

— J'ai voulu mourir, moi aussi.

— Vous l'aimiez vraiment ?

— J'aurais donné ma vie.

— Et est-ce que vous l'auriez supprimée ?

— Non, mon enfant, dit-il. Cela ne nous appartient pas. »

En prononçant ces mots, Dor comprit qu'il était resté en vie tous ces millénaires pour cet instant précis. Mieux que quiconque sur Terre, il savait ce qu'était une vie sans amour. Plus Sarah parlait de solitude, plus la raison de sa présence ici lui apparaissait clairement.

« Quelle idiote j'ai été, se lamenta Sarah.

— L'amour ne fait pas de toi une idiote.
— Il ne m'aimait pas, lui.
— Cela ne fait pas de toi une idiote non plus.
— Dites-moi… dit Sarah d'une voix tremblante. Quand est-ce que la douleur cesse ?
— Parfois jamais. »
Sarah vit Dor barbu, seul dans la caverne.
« Comment avez-vous survécu ? demanda-t-elle. Tout ce temps sans votre femme ?
— Elle a toujours été avec moi. »

**Dor passa à nouveau la main devant les yeux de Sarah. Ils virent alors la camionnette grise s'éloigner dans la rue enneigée.**

« Tu avais tant d'autres années à vivre, dit-il.
— Je n'en avais pas besoin.
— Mais elles avaient besoin de toi. Le temps ne se rend pas. L'instant qui suit peut offrir une réponse à tes prières. Le refuser, c'est refuser le plus important pour l'avenir.
— Qu'est-ce que c'est ?
— L'espoir. »
Sarah se sentit de nouveau submergée par la honte et elle pleura une fois encore. Sa mère lui manquait plus que jamais.
« Je suis tellement désolée, sanglota-t-elle, les larmes dégoulinant sur ses joues. J'avais envie que ce soit… la fin.
— Les fins sont celles d'hier, pas de demain. »
Dor agita la main, et la rue se fondit dans le sable. Le ciel vira au violet nocturne, rempli d'innombrables étoiles.
« Bien d'autres choses t'attendent, dans ta vie.

— Vraiment ?
— Veux-tu les voir ? »
Sarah réfléchit un instant :
« Non. Pas encore. »
Et Dor sut qu'elle commençait à guérir.

# 72

**Pendant tout ce temps, Victor observait.**

Il comprenait maintenant le désarroi de la jeune fille, ses épaules et sa voix qui tremblaient. Elle avait essayé de se tuer à cause d'un garçon (il avait l'air d'un petit voyou, pensa Victor, mais il était sans doute de parti pris ; il aimait bien Sarah). Et elle avait compris, à la fin, ce que Victor lui aurait dit depuis longtemps : aucun amour ne vaut ces souffrances. Il doutait que Grace mette fin à ses jours à cause de lui, quoi qu'il ait fait ; il l'aimait au fond de lui, mais il essayait de vivre au-delà de sa mort, même si Grace ne l'accompagnait pas.

Ce qu'il ne comprenait toujours pas, c'était comment ces hallucinations prenaient corps, et qui était vraiment cet horloger. Victor avait remarqué un changement chez lui depuis leur première rencontre. Derrière le comptoir, il paraissait solide, sain, presque indestructible, mais à présent, il avait l'air pâle, il transpirait, et sa toux s'aggravait. Victor, en revanche, ne s'était jamais mieux senti – voilà pourquoi il était certain que tout cet épisode n'était qu'une illusion de son esprit enfiévré. On ne se réveillait pas tout bonnement en pleine santé pour se mettre à flotter dans la vie.

Il regarda Dor, penché sur le sable, l'égrenant de ses doigts. Dor leva enfin les yeux vers Victor.

« Il faut que je vous montre quelque chose, à vous aussi. »

Victor eut un mouvement de recul. Il n'avait pas envie de voir le monde qu'il avait abandonné.

« Mon histoire est différente, dit Victor.

— Venez.

— Vous savez que j'ai des projets, n'est-ce pas ? »

Dor se leva en silence, essuya la sueur à son front et regarda sa main d'un air perplexe. Il reprit sa marche lente sur le sentier, qui montait comme le flanc d'une colline. Victor se tourna vers Sarah, encore stupéfaite d'avoir vu sa vie révélée. C'était à présent Victor qui avait besoin de compagnie.

« Vous venez ? » demanda-t-il.

Elle le suivit, et ils commencèrent leur ascension.

# 73

**Cette fois-ci, quand la brume se leva, ils se retrouvèrent dans l'entrepôt de cryogénisation.**

Les grands cylindres en fibre de verre se dressaient comme des monuments. L'un d'eux était un peu plus petit et récent que les autres.

« Que voyons-nous ? demanda Victor. Est-ce le futur ? »

Avant que Dor puisse répondre, la porte s'ouvrit et Jed entra avec Grace, vêtue d'un manteau d'hiver marron. Elle avança d'un pas prudent, jetant des regards tout autour d'elle.

« C'est votre femme ? » chuchota Sarah.

Victor se sentit mal à l'aise. Il savait que Grace apprendrait ses projets. Il n'avait jamais imaginé qu'il la verrait à ce moment-là.

Il vit Jed montrer le plus petit cylindre. Il vit Grace porter les mains à sa bouche. Impossible de savoir si elle priait ou cachait son dégoût.

« Il est là-dedans ?

— Il a insisté pour en avoir un privé, répondit Jed, gêné. Je suis désolé. J'ignorais complètement qu'il ne vous en avait pas parlé. »

Grace resta là, hésitant entre s'approcher et s'écarter du cylindre.

« On peut voir à l'intérieur ?

— Malheureusement non.

— Mais le corps y est ?

— Le patient.

— Pardon ?

— Nous disons "patient". Pas "corps".

— Pardon ?

— Pardonnez-moi. Je sais que ce doit être difficile. »

Il y eut un silence gêné. On n'entendait que le bourdonnement léger des moteurs. Jed dit enfin :

« Eh bien… je vais vous laisser. Asseyez-vous, si vous voulez. »

Il lui montrait le canapé couleur moutarde. Victor ébaucha un geste, comme pour l'en empêcher. Il se sentit soudain gêné, pas seulement par la manipulation de sa mort, mais par le siège minable qu'on proposait à sa femme pour son deuil.

**Grace ne s'assit pas.**

Elle remercia Jed et le laissa sortir. Puis elle s'approcha lentement du cylindre et passa les doigts sur la surface polie.

Elle poussa un profond soupir et parut se voûter.

« Grace, ça va, lança Victor. C'est… »

Grace frappa du poing le cylindre.

Elle le frappa encore.

Puis elle lui décocha un tel coup de pied qu'elle faillit perdre l'équilibre.

Elle se redressa, renifla et se dirigea vers la sortie,

passant devant le canapé moutarde sans même lui accorder un regard.

La porte se referma. Le silence semblait accuser Victor. Dor et Sarah le regardaient, mais il détourna les yeux, se sentant démasqué. Dans sa course pour tromper la mort, il avait fait plus confiance à des scientifiques qu'à sa femme. Il lui avait refusé un dernier moment d'intimité. Il n'avait même pas laissé un corps à ensevelir. Comment pourrait-elle le pleurer alors ? Il doutait qu'elle revienne là un jour.

Victor se tourna vers Sarah, qui eut l'air gêné.

Il se tourna enfin vers Dor.

« Montrez-moi juste si ça a marché », gronda-t-il.

# 74

**Des foules. Des foules incroyables.**

Telle fut la première impression qu'eut Victor de son avenir. Ils avaient suivi le sable dans le sablier géant, et étaient descendus dans le vide jusqu'à une nouvelle brume qui se leva à son tour, révélant d'immenses gratte-ciel serrés les uns contre les autres, par blocs, dans ce qui devait être une importante métropole des siècles à venir. Il n'y avait pratiquement aucune verdure et peu de couleur, sauf des bleus et des gris d'acier. Le ciel était parsemé de petits appareils inconnus, et l'air était différent – plus épais, plus pollué, et froid aussi, même si les gens n'étaient pas habillés en conséquence. Ils avaient des visages différents de ceux de son époque, les couleurs de cheveux ressemblaient à une palette de peinture, les crânes paraissaient plus grands. Il était difficile de différencier les hommes des femmes.

Il ne vit aucune personne âgée.

« C'est encore la Terre ? demanda Sarah.

— Oui, répondit Dor.

— Alors, j'y suis arrivé ? demanda Victor. Je suis en vie ?

— Oui », répondit encore Dor.

Ils se tenaient au milieu d'une grande place ; des dizaines de milliers de personnes passaient autour d'eux en vitesse, la tête penchée sur des instruments inconnus ou parlant dans des lunettes noires qui flottaient devant leurs yeux.

« À quelle distance on est dans le futur ? » demanda Sarah.

Victor examina les environs.

« Je dirais quelques siècles. »

Il ébaucha un sourire.

**Victor, qui jugeait la vie selon le succès ou l'échec, crut qu'il avait gagné.**

Il avait échappé à la mort pour réapparaître dans le futur.

« Alors, où suis-je dans tout ça ? » demanda-t-il.

Dor tendit le bras et le spectacle changea. Ils se trouvaient à présent dans un grand hall ouvert, éclairé sur les côtés de lumières blanches et argentées, avec de hauts plafonds imposants et des écrans flottant dans l'air.

Victor apparaissait sur chacun d'eux.

« Qu'est-ce que c'est que ça, bon sang ? » demanda-t-il.

Les écrans montraient des moments de la vie de Victor. Il se revit à la trentaine, serrant des mains dans un conseil d'administration, puis à la cinquantaine, donnant une conférence à Londres, puis à quatre-vingts ans, dans le cabinet du médecin avec Grace, en train de regarder le résultat d'un scanner. Les gens contemplaient les écrans comme s'il s'agissait d'une exposition. Peut-être était-il devenu une légende dans le futur ? Un miracle médical ? Qui sait ? Peut-être possédait-il ce bâtiment.

Mais d'où tireraient-ils ces images ? Ces moments n'avaient jamais été filmés. Il vit une scène datant de quelques semaines. Depuis la fenêtre de son bureau, Victor regardait un homme assis en haut d'un gratte-ciel.

« C'était vous, pas vrai ? demanda-t-il à Dor.

— Oui.

— Pourquoi est-ce que vous m'observiez ?

— Je me demandais pourquoi vous vouliez vivre au-delà de votre temps.

— Et pourquoi pas ?

— Ce n'est pas un don.

— Et comment le sauriez-vous ? »

Dor s'essuya le front.

« Parce que je l'ai vécu. »

## 75

**Avant que Victor puisse répondre, une rumeur s'éleva du hall, à présent rempli de spectateurs.**

Assis sur des sièges flottants, ou serrés contre les murs, ils réagissaient bruyamment à ce qu'ils voyaient.

Sur les écrans défilaient des images de l'enfance de Victor en France ; Victor sautant sur les genoux de ses parents, Victor nourri à la cuiller par sa grand-mère, Victor pleurant à l'enterrement de son père et priant aux côtés de sa mère. *Faites qu'on soit hier*. La foule poussa un cri quand il prononça ces mots.

« Pourquoi regardent-ils ma vie ? demanda Victor. Où suis-je, pendant tout ce temps ? »

Dor montra un grand cylindre de verre, dans le fond de la salle.

« Qu'est-ce que c'est ? demanda Victor.

— Allez voir. »

Victor s'approcha d'un pas hésitant, se faufilant dans la foule comme une apparition. Il arriva près du cylindre.

Une vague d'horreur le submergea.

Là, à l'intérieur du tube, se trouvait une version rosâtre et desséchée de lui-même, les muscles atrophiés, la peau marbrée comme par des brûlures ; la tête parcourue de fils en de multiples endroits, reliés à de nombreuses machines. Il avait les yeux ouverts, une grimace de douleur sur le visage.

« Impossible, s'écria Victor. Je devais être ramené à la vie. J'avais des papiers, j'ai payé, et bien payé ! »

Victor se rappela l'avertissement de ses avocats. *On ne peut pas se protéger de tout*. S'était-il montré d'une folle imprudence, pressé qu'il était de trouver une solution ?

« Qu'est-ce qui s'est passé ? Qui est responsable ? »

Les gens passaient à travers lui, regardant son corps dénudé comme un poisson dans un aquarium.

« J'avais des papiers ! Des dossiers ! lança Victor.

— Ils ont disparu, à présent.

— J'avais embauché des gens pour me protéger.

— Ils ont disparu aussi.

— Et ma fortune ?

— Perdue.

— Il y avait des lois !

— Il y en a de nouvelles. »

Victor s'affaissa. Était-ce vraiment cela, le résultat de toute sa stratégie ? Cette trahison ? Cette persécution ? Cette foire au monstre futuriste ?

« Qu'est-ce qu'ils font, tous ?

— Ils regardent vos souvenirs.

— Pourquoi ?

— Pour se rappeler ce qu'est une émotion. »

**Victor tomba à genoux.**

Il était tellement habitué à ne pas se tromper. Les petites erreurs de la vie lui avaient été épargnées… tout cela pour qu'il en commette une énorme, à la fin ?

Il examina les visages des spectateurs. Ils semblaient jeunes, souvent beaux, mais dénués d'expression.

« À cette époque, tout le monde peut vivre encore plus longtemps que nous l'imaginions, expliqua Dor. Ils sont actifs chaque minute de leur vie, mais ils sont vides. Pour eux, vous êtes un artefact. Et vos souvenirs sont précieux. Vous leur rappelez un monde plus simple et plus satisfaisant. Un monde qu'ils ne connaissent plus. »

Victor n'aurait jamais pensé à lui ainsi. Simple ? Satisfaisant ? N'avait-il pas toujours été pressé et insatiable ? Mais ce monde dévoreur de temps n'avait fait que s'accélérer depuis sa congélation, et il comprit que Dor avait raison pour son avenir. Les images sur les écrans montraient toutes des émotions. Ses larmes de petit garçon quand on lui avait volé son sac de nourriture. Les sourires timides en rencontrant Grace dans l'ascenseur. Son regard triste en la voyant partir, le dernier soir de sa vie.

Il regardait cette scène : lui au lit, elle dans sa robe de soirée, prête à partir au gala.

*Je ferai au plus vite.*

*Je serai...*

*Comment, mon chéri ?*

*Ici. Je serai ici.*

Il la vit disparaître dans le couloir, croyant qu'elle le reverrait. Comment avait-il pu se montrer aussi cruel ? Tout à coup, il ressentit un manque déchirant. Pour la première fois de sa vie d'adulte, il voulut revenir en arrière.

Les écrans montraient Victor qui regardait Grace partir. La foule se leva. L'image montra alors l'intérieur du tube de verre : une larme coulait sur la joue de Victor, dans son corps emprisonné.

Victor sentit aussi qu'il pleurait.

Dor prit une larme sur le bout du doigt.

« Comprenez-vous maintenant ? demanda-t-il. Si le temps n'a pas de fin, rien n'a d'importance. Sans perte ou sacrifice, nous ne pouvons apprécier ce que nous avons. »

Dor examina la larme et repensa à la caverne. Et il sut enfin pourquoi il avait été choisi pour ce voyage. Il avait vécu une éternité. Victor voulait une éternité de vie. Il avait fallu à Dor tous ces siècles pour comprendre la dernière chose que le vieil homme lui avait dite, celle qu'il partageait à présent avec Victor.

« Il y a une raison pour laquelle Dieu limite nos jours.

— Laquelle ?

— Pour que chacun d'eux soit précieux. »

## 76

**Alors seulement, Père Temps raconta son histoire.**

D'une voix éraillée et entrecoupée de quintes de toux, il parla à Victor et Sarah du monde où il était né. Il parla du bâton Soleil qu'il avait inventé, de la clepsydre faite de bols, de sa femme Alli et de ses trois enfants, et du vieil homme venu du Ciel qui lui avait rendu visite, enfant, et qui l'avait emprisonné à l'âge adulte.

La plus grande partie de cette histoire parut invraisemblable à ses deux auditeurs ; mais quand Dor parla de son ascension dans la tour de Nim, Sarah chuchota : « Babel » et Victor grommela : « Ce n'est qu'un mythe. »

Lorsqu'il en arriva à la caverne, Dor posa la main sur les yeux de Victor et lui montra les siècles d'isolement, la torture d'un monde solitaire, sans proches – une femme, des enfants, un foyer. Une deuxième vie ? Une dixième ? Une millième ? Quelle importance ? Elles ne lui appartenaient pas.

« J'ai vécu, dit Dor, mais je n'étais pas vivant. »

Victor assista aux tentatives d'évasion de Dor, aux

coups qu'il donnait dans les murs de karst, à ses efforts pour plonger dans le bassin luminescent. Il entendit la cacophonie des voix qui réclamaient du temps.

« Que sont toutes ces voix ? demanda Victor.

— Le malheur », répondit Dor.

**Dor expliqua comment nous avions perdu notre aptitude au bonheur lorsque nous avions commencé à sonner l'heure.**

Nous étions toujours en quête d'autres minutes, d'autres heures, de progrès pour accomplir davantage de tâches chaque jour. La joie simple de vivre entre deux aurores avait disparu.

« Tout ce que l'homme fait aujourd'hui pour être efficace, pour remplir les heures ? déclara Dor. Cela ne le satisfait pas. Cela le rend seulement plus avide de temps. L'homme veut posséder sa propre existence. Mais nul ne possède le temps. »

Il écarta sa main des yeux de Victor.

« Lorsque vous mesurez la vie, vous ne la vivez pas. Je le sais. »

Il baissa la tête.

« J'ai été le premier à le faire. »

Son visage était encore plus pâle, ses cheveux humides de sueur.

« Quel âge avez-vous ? » murmura Victor.

Dor ne répondit pas. Le premier homme à compter les jours n'avait aucune idée de leur nombre.

Il inspira longuement et péniblement.

Et il s'effondra.

# 77

**Dor avait du mal à respirer. Il roula des yeux exorbités. Il était frappé d'une maladie ancienne.**

Pendant six mille ans, il avait été immunisé contre l'instant qui passe : la planète vieillissait, mais lui n'avait pas vieilli d'un souffle. L'équation avait changé. Il avait arrêté le monde. Et quand le monde cessait de vivre, Père Temps, lui, vivait. Sa peau se marbrait rapidement. Sa déchéance le rattrapait.

« Qu'est-ce qu'il a ? demanda Sarah.

— Je ne sais pas », répondit Victor.

Autour d'eux, le futur disparaissait – les spectateurs, la pièce, le tube contenant l'enveloppe charnelle de Victor, tout cela fondait comme une photo jetée au feu. Le sablier rétrécit, reprit sa taille originelle, le sable remontant dans la partie supérieure.

« Il faut qu'on l'aide, dit Sarah.

— Comment ? Vous avez vu ce qu'il a enduré. Qui sait comment l'aider ? »

*Vous avez vu ce qu'il a enduré.*

« Attendez, dit Sarah, en soulevant Dor d'un côté. Prenez-le de l'autre côté. »

Ils se couvrirent les yeux de leurs mains. Et tous deux virent le même moment : Dor penché sur sa femme, le visage en sueur, sa peau marbrée de rouge comme celle de Dor. Ils le virent l'embrasser, ses larmes se mêlant aux siennes.

*Je vais arrêter tes souffrances. Je vais tout arrêter.*

« Mon Dieu, souffla Sarah. Elle avait la même maladie. »

Ils virent Dor courir à la tour de Nim. Ils assistèrent à son ascension désespérée. Ils virent ce que d'autres, en leur temps, avaient rejeté comme un mythe impossible : la destruction du plus grand bâtiment jamais construit par l'homme.

Et le seul survivant laissé par Dieu.

Mais quand ils virent Dor projeté dans la caverne, qu'ils virent le vieil homme en robe l'accueillir et lui demander *Est-ce le pouvoir que tu cherches ?* Victor et Sarah lâchèrent tous deux la main de Dor.

Ils échangèrent un regard.

« Vous l'avez vu, vous aussi ? demanda Victor.

— Oui. Il faut le ramener. »

**Dans leurs vies, ils n'auraient jamais dû se rencontrer.**

Sarah Lemon et Victor Delamonte appartenaient à deux mondes différents, lycée et fast-food pour l'une, conseils d'administration et restaurants chic pour l'autre.

Mais leurs destins étaient liés d'une manière mystérieuse. Et à cet instant, dans cet univers à l'arrêt, eux seuls pouvaient changer le destin de l'homme qui avait tenté de changer le leur. Sarah tint le sablier pendant que Victor en ôtait le fond. Ils imitèrent Dor, répandant le sable – cette fois, celui de la partie inférieure, le sable du passé.

Ensuite, ils prirent Dor aux genoux et aux épaules.

« Si ça marche, demanda Sarah, qu'est-ce qui va nous arriver ?

— Je ne sais pas », répondit Victor.

Et en vérité, il l'ignorait. Dor les avait arrachés au monde. Sans lui, impossible de savoir où leurs âmes pouvaient dériver.

« On reste ensemble, d'accord ? dit Sarah.

— Quoi qu'il arrive », l'assura Victor.

Ils soulevèrent Père Temps et s'engagèrent sur le chemin.

**Nul ne fut témoin de ce qui arriva ensuite, et nul ne peut dire combien de temps cela prit.**

Mais Victor et Sarah s'engagèrent sur les sables du temps passé, rejoints par leurs empreintes lumineuses.

À mesure qu'ils descendaient, la brume se levait. Le ciel s'éclaira d'étoiles. Enfin, parmi les flocons de neige en suspension, la circulation et les gens figés en pleine fête du nouvel an, une adolescente et un vieil homme se retrouvèrent sous le dais du 143 Orchard Street.

Ils attendirent.

Une porte s'ouvrit.

Et un visage familier, celui du propriétaire portant à présent la robe blanche qu'il avait porté dans la caverne, leur murmura :

« Emmenez-le à l'intérieur. »

# 78

**Ils pénétrèrent dans la boutique d'horlogerie et posèrent le corps sur le sol.**

« Qui est-il ? demanda Victor au vieil homme.

— Son nom est Dor.

— Il a été envoyé ici pour nous ?

— Et pour lui-même.

— Est-il mourant ?

— Oui.

— Et nous, sommes-nous mourants ?

— Oui. »

Le vieil homme vit la peur sur leurs visages. Son expression s'adoucit :

« Tout ce qui est né est toujours mourant. »

Victor regarda Dor, qui était à peine conscient, et il comprit qu'il s'était trompé non seulement sur son identité, mais sur tant d'autres choses… Même sur la montre à gousset, que Dor avait choisie non pas pour sa valeur d'objet ancien, mais pour le souvenir peint d'une famille – père, mère, enfant – dans l'espoir que Victor comprenne tout ce qu'il partageait avec Grace, avant qu'il soit trop tard.

« Pourquoi a-t-il été puni ? demanda Victor.
— Il n'a jamais été puni.
— Et toutes ces années dans la caverne ?
— C'était un bienfait.
— Un bienfait ?
— Oui. Il a appris à apprécier la vie qu'il avait vécue.
— Mais cela a pris si longtemps », dit Sarah.
Le vieil homme ôta un anneau au col du sablier.
« Longtemps ? demanda-t-il. Qu'est-ce que c'est ? »
Il passa l'anneau au doigt de Dor. Un grain de sable s'échappa de sa main.
« Qu'est-ce qui va lui arriver ? demanda Sarah.
— Il terminera son histoire. Et vous aussi. »
Dor était immobile, les yeux fermés, les mains reposant sur le sol.
« C'est trop tard ? » chuchota Sarah.
Le vieil homme prit le sablier vide et le retourna. Il éleva le grain de sable.
« Il n'est jamais trop tard ou trop tôt », dit-il.
Et il lâcha le grain de sable.

## 79

**Nous ne percevons pas le bruit que fait le monde – sauf, bien sûr, quand il s'arrête. Alors, quand il repart, il résonne comme un orchestre.**

Le grondement des vagues, du vent. La pluie qui tombe. Le cri des oiseaux. Dans l'univers entier, le temps reprit et la nature chanta.

Dor sentit la tête lui tourner. Il tomba. Il se réveilla, toussant dans la poussière. Un soleil vif brillait haut dans le ciel.

Il sut aussitôt.

Il était chez lui.

Il se leva péniblement. Devant lui se dressait la tour de Nim, le sommet dans les nuages. Sous ses pieds, un sentier l'y mènerait.

Dor inspira profondément, puis se tourna dans l'autre sens. Il avait la possibilité de faire ce que personne ne pourrait jamais faire, et il n'hésita pas.

Il revint sur ses pas.

Il courut retrouver Alli.

Il courut, dans des vagues de chaleur et des quintes de toux, poussé par le désespoir. La fatigue hâterait son trépas, mais il ne ralentit pas. Une phrase lui revint en mémoire – *le temps file comme une flèche* – et il se la récita encore et encore, franchissant les collines pour s'engager dans les hautes plaines. Quand il reconnut les rochers alentours, quand il vit la hutte de roseaux, alors seulement il ralentit l'allure, comme on le fait lorsqu'on approche de ce qu'on désire, incertain et plein d'espoir. Oserait-il regarder tout ce dont il avait rêvé, ce qui l'avait soutenu pendant une éternité ?

Sa poitrine palpitait. Il était trempé de sueur.

« Alli ? » cria-t-il.

Il entra dans la hutte.

Elle gisait sur une couverture.

**« Mon amour », murmura-t-elle.**

Sa voix était telle que dans ses souvenirs, et aucune des milliards de voix qu'il avait entendues dans cette caverne ne possédait sa douceur, ne lui inspirait tant d'émotion.

« Je suis là », dit-il en s'agenouillant à ses côtés.

Elle vit son visage :

« Tu es malade.

— Pas plus que toi.

— Où es-tu allé ? »

Il voulut répondre, mais ses pensées le fuyaient. Les images disparaissaient. Un vieil homme ? Une jeune fille ? Il avait retrouvé son propre chemin, et le souvenir de sa vie éternelle s'estompait.

« J'ai essayé de mettre un terme à tes souffrances, dit-il.

— Nous ne pouvons arrêter ce que le Ciel décide. »

Elle sourit faiblement :

« Reste avec moi.

— Pour toujours. »

Il lui caressa les cheveux. Elle tourna la tête.

« Regarde », murmura-t-elle.

Devant eux, le ciel était peint d'un crépuscule splendide, orange, violet et rouge vif. Dor s'allongea aux côtés d'Alli. Leurs respirations ténues se mêlèrent. Autrefois, Dor les aurait comptées. À présent, il se contentait d'écouter, s'imprégnant de leur sonorité. Il regardait tout, absorbait tout. Sa main retomba, et il se surprit à dessiner une forme dans le sable, large au sommet, étroite au milieu et large à la base. Qu'est-ce que c'était ?

Le vent se leva, éparpillant le sable autour de son dessin. Dor étreignit la main de sa femme, renouant avec elle un lien unique. Il s'abandonna à cette sensation et sentit les dernières gouttes de leur vie se toucher, comme l'eau dans une caverne, quand le haut touche le bas. Le Ciel touche la Terre.

Quand ils fermèrent les yeux, des yeux nouveaux s'ouvrirent, et ils s'élevèrent tel un esprit commun, montèrent et montèrent encore, lune et soleil d'un ciel partagé.

# ÉPILOGUE

## 80

**Sarah Lemon fut conduite en urgence à l'hôpital.**

Elle y passa la nuit. Ses poumons se dégagèrent, la douleur lancinante disparut dans sa tête et elle se rappela la chance qu'elle avait eue : la sonnerie bruyante de son téléphone avait retenti : la guitare *heavy metal* – programmée par Ethan – qui indiquait sa mère. Elle l'appelait pour lui souhaiter bonne année.

Le bruit avait fait réagir Sarah, juste assez pour qu'elle comprenne ce qui se passait et appuie sur le bouton commandant la porte du garage, qu'elle ouvre la portière et tombe à terre. Elle avait rampé sur le sol en béton, secouée d'une toux violente, et était arrivée au-dehors. Un voisin l'avait vue dans la neige et avait appelé les secours.

Elle fut admise aux urgences au moment où l'horloge sonnait les douze coups ; partout sur la côte Atlantique, les gens criaient leur joie.

**Allongé sur une civière à côté de Sarah se trouvait un homme nommé Victor Delamonte.**

Il avait été admis quelques instants plus tôt, souffrant d'un cancer et d'une maladie des reins. Il avait apparemment cessé sa dialyse, et fut soigné par transfusion sanguine – même s'il ne s'était plaint que de douleurs au ventre, d'après les ambulanciers.

Victor avait modifié ses projets pour sa fin de vie, mais ce ne fut jamais révélé. Au moment où on le soulevait pour le plonger dans la glace, Victor avait ouvert les yeux et aperçu Roger. Lors de leur conversation chuchotée ce matin-là, Victor avait indiqué à Roger que si pour une raison – n'importe laquelle – il changeait d'avis, il le lui indiquerait par un simple mot, et Roger arrêterait alors le projet.

*Vous avez bien compris ? Pas d'hésitation ?*

*Je comprends.*

Ce fut le cas. Un mot fut prononcé. En l'entendant, Roger cria : « Arrêtez tout ! » Il fit sortir le coroner et le médecin, et appela aussitôt une ambulance. Il suivit les ordres de son patron, comme il l'avait toujours fait, parce qu'il avait entendu le mot et que ce mot était clair :

« Grace. »

## 81

**Cette histoire parle du temps et de ce qu'il signifie.**

Elle commence il y a longtemps, mais elle prend fin bien des années plus tard, dans une salle de réception bondée, où une chercheuse respectée est applaudie par la foule. Elle remercie ses collègues, elle dit qu'il s'agit d'un « travail d'équipe ». Mais l'homme qui la présente exprime une opinion mondialement partagée : le Dr Sarah Lemon a trouvé le remède à la maladie la plus redoutée de son époque ; cela sauvera des millions de gens, et la vie ne sera plus jamais la même.

« Saluez », dit l'homme.

Sarah s'incline, salue timidement. Elle remercie des professeurs, ses confrères, et présente sa mère Lorraine qui se tient à ses côtés, étreignant son sac à main. Elle sourit. Sarah remarque aussi que rien n'aurait été possible sans un bienfaiteur nommé Victor Delamonte qui, alors qu'elle déposait des candidatures d'entrée en faculté, avait généreusement financé tout son cursus dans une université d'élite – des premières années jusqu'au doctorat, aussi loin que possible – et ce par testament. Le document avait été modifié juste avant que M. Delamonte décède de cette même maladie à laquelle Sarah avait trouvé un remède. Victor n'avait survécu que trois mois après leur nuit aux urgences. D'après sa femme Grace, ils avaient connu la plus belle période de leur mariage.

« Merci beaucoup à tous », conclut Sarah.

La foule se lève pour lui faire une ovation.

Entre-temps, dans une rue pavée en bas de Manhattan, un nouveau locataire s'installe au 143 Orchard Street. Des ouvriers abattent des cloisons, suivant le plan.

« Hé ! crie l'un d'eux.

— Quoi ? » fait un autre.

À la lumière d'un projecteur, ils aperçoivent un espace caverneux, caché sous le sol. Les murs sont gravés de toutes sortes de formes et symboles imaginables. Dans un coin se trouve un sablier, contenant un grain de sable, un seul.

Et tandis que les ouvriers curieux soulèvent le sablier, un homme nommé Dor et une femme nommée Alli escaladent une colline pieds nus, lançant des cailloux et riant avec leurs enfants, sans jamais penser au temps.

## REMERCIEMENTS

Certains livres sont plus difficiles que d'autres. Merci à tous ceux qui se sont montrés patients avec moi et qui ont cru en mon idée dès le début. Merci à ma famille, ma belle-famille, et mes amis.

Je remercie spécialement Rosey et Chad, qui ont donné un nouveau sens au mot « ami », en me soutenant sans relâche dans ces journées éprouvantes. Je ne l'oublierai jamais. Je remercie profondément aussi Ali, Rosey, Rick et Tricia, qui ont été les premiers à lire ce livre et m'ont encouragé à raconter l'histoire de Père Temps.

Merci infiniment à Kerri, qui n'a pas seulement lu et corrigé ces pages, mais m'a protégé de toutes les distractions, permettant à l'histoire de trouver sa respiration et sa place dans ce monde. Et à Mendel, qui arrivait au bureau en retard mais nous sauvait.

Merci à David, Antonella, Susan, Allie, David L. et au reste de Team Black, pour avoir été comme toujours un radeau sur l'océan. Merci à Ellen, Elisabeth, Samantha, Kristin, Jill et toute la bande d'Hyperion, et à SallyAnn pour la promotion. Je remercie profondément Will Schwalbe, mon éditeur, qui a dit oui quand nous lui avons posé la question, et qui m'a rendu heureux ainsi.

Je remercie spécialement l'institut de cryogénisation de Clinton Township dans le Michigan, et ses employés qui m'ont généreusement renseigné pour ce roman. Victor apprend une leçon dans ce livre, mais je n'émets aucun jugement sur la science de la cryogénisation, ni sur les choix des praticiens et de leurs patients. Ce roman est, après tout, une œuvre de fiction.

Comme pour tout, je remercie ma mère, mon père, Cara, Peter et toute ma famille.

Enfin, il n'y a qu'une seule Alli dans ma vie, et tout ce que Dor a vu chez la sienne, je le vois en elle tous les jours. Merci, Janine.

Tous mes remerciements à mes fidèles lecteurs, ceux qui ont choisi ce livre sans même demander de quoi il parlait – vous êtes l'épine dorsale de mon œuvre, c'est à vous que je pense quand j'écris mes phrases. Puis-je continuer à vous offrir une petite partie de l'espoir et de l'inspiration que vous m'offrez.

Mitch Albom
Detroit, Michigan
Mai 2012

Découvrez dès maintenant
le premier chapitre de

***Premier appel du paradis***
le nouvel ouvrage de
**Mitch Albom**

aux Éditions Kero

# LA SEMAINE OÙ TOUT COMMENÇA

Le jour où le monde reçut son premier appel téléphonique de l'au-delà, Tess Rafferty était occupée à ouvrir une boîte de thé en sachets.

*Drrrrring !*

Sans prêter attention à la sonnerie, elle enfonça ses ongles dans l'emballage plastique.

*Drrrrring !*

De l'index, elle attaqua la partie plus épaisse, sur le côté du paquet.

*Drrrrring !*

Elle pratiqua enfin une ouverture, ôta la cellophane et la froissa en boule. Elle savait que le téléphone basculerait sur répondeur si elle ne le prenait pas avant la prochaine…

*Drrrrr…*

— Allô ?

Trop tard.

— Aaah, ce truc, marmonna-t-elle.

Elle entendit le répondeur se déclencher dans la cuisine :

« Bonjour, vous êtes bien chez Tess. Laissez-moi votre nom et votre numéro, et je vous rappellerai dès que possible. Merci. »

Un petit bip. Des grésillements…

*« C'est maman... J'ai quelque chose à te dire... »*

Tess s'arrêta de respirer. Le combiné lui tomba de la main.

Sa mère était morte quatre ans auparavant.

*

*Drrrrring !*

L'appel suivant s'entendit à peine, tant était animée la discussion dans le poste de police. Un employé avait gagné 28 000 dollars à la loterie et les trois agents discutaient de ce qu'ils feraient d'une somme pareille.

— Tu payes tes factures.

— C'est exactement ce qu'il ne faut pas faire.

— Un bateau !

— Paye tes factures !

— Pas moi.

— Un bateau !

*Drrrrring !*

Jack Sellers, le chef de la police, se dirigea vers son petit bureau en lâchant :

— Si tu payes tes factures, tu vas en récolter d'autres, c'est tout.

Sous les regards approbateurs, il décrocha le téléphone.

— Police de Coldwater. Sellers à l'appareil.

Quelques grésillements. Puis la voix d'un jeune homme.

*« Papa ? C'est Robbie. »*

Tout à coup, Jack n'entendit plus les autres.

— Hein ? C'est qui ?

*« Je suis heureux, papa. Ne t'en fais pas pour moi, d'accord ? »*

Jack sentit son estomac se nouer. Il pensa à la dernière fois où il avait vu son fils soldat disparaître après les contrôles de sécurité à l'aéroport, en route pour sa troisième période en Afghanistan.

Sa dernière période.

— Ça ne peut pas être toi, murmura Jack.

*

*Brrrrrrring !*

Le pasteur Warren essuya la salive sur son menton. Il était en train de faire la sieste sur son canapé, dans l'église baptiste de la Moisson de l'Espoir.

*Brrrrrrring !*

— J'arrive…

Il se leva péniblement. L'Église avait installé une sonnette à côté de son bureau, parce qu'à quatre-vingt-deux ans, son ouïe baissait.

*Brrrrrrring !*

— Pasteur, c'est Katherine Yellin. Ouvrez vite, je vous en prie !

Il boitilla jusqu'à la porte et l'ouvrit.

— Bonjour, Ka…

Mais elle était déjà entrée, son manteau entrebâillé, ses cheveux roussâtres ébouriffés, comme si elle était sortie en courant de chez elle. Elle s'assit sur le canapé, se releva nerveusement, puis se rassit.

— Il faut que je vous parle, pasteur. Croyez bien que je ne suis pas folle. Je vous en prie.

— Non, chère…

— Diane m'a appelée.

— Qui vous a appelée ?
— Diane.
Warren éprouva un soudain mal de tête.
— Votre sœur décédée vous a appelée ?
— Ce matin. J'ai décroché mon téléphone…
Étreignant son sac à main, Katherine se mit à pleurer. Warren se demanda s'il devait appeler quelqu'un.
— Elle m'a dit de ne pas m'inquiéter, continua Katherine d'une voix étranglée. Elle a dit qu'elle était… en paix.
— C'était un rêve, alors ?
— Non, non ! Ce n'était pas un rêve ! J'ai bien parlé à ma sœur !
Des larmes coulèrent sur les joues de Katherine, si vite qu'elle n'eut pas le temps de les essuyer.
— Nous en avons déjà parlé, Katherine…
— Je sais, mais…
— Elle vous manque…
— Oui…
— Et vous êtes bouleversée.
— Non, pasteur. Elle a dit qu'elle est au paradis !… Vous ne comprenez donc pas ?
Katherine souriait, d'un sourire radieux, d'un sourire que Warren n'avait encore jamais vu sur son visage.
— Je n'ai plus peur de rien, chuchota-t-elle.

*

*Drrrrrring.*
Une sonnerie de sécurité retentit, et la lourde grille de la prison glissa sur ses rails. Sullivan Harding, un homme de grande taille aux épaules larges, s'avança lentement, pas à pas, tête basse. Son cœur battait – pas

de l'excitation d'être libéré, mais de peur qu'une main le saisisse au collet et le ramène en détention. Encore un pas. Un autre. Les yeux fixés sur ses chaussures. Ce n'est qu'en entendant un bruit approcher sur le gravier – des pieds légers et rapides – qu'il leva la tête.

Jules.

Son fils.

Il sentit deux petits bras autour de ses jambes et ses mains s'enfoncer dans les cheveux bouclés de son fils. Il vit ses parents – sa mère dans un anorak bleu marine, son père dans un costume marron clair –, ils s'effondrèrent tout d'un coup et s'étreignirent tous les quatre. C'était une journée grise et glaciale, la rue luisait de pluie. Seule sa femme manquait à cet instant, mais elle était encore là par son absence.

Sullivan aurait aimé prononcer une parole profonde, mais il ne parvint qu'à chuchoter :

— Allons-y.

Quelques instants plus tard, leur voiture disparaissait dans la rue.

Ce fut le jour où le monde reçut son premier appel de l'au-delà.

Ce qui suit dépend de ce que l'on est prêt à croire.

POCKET N° 12405

*« Un joli conte moderne pour nous réconcilier avec la vie sur terre. »*

Anne Berthod
*L'Express*

**Mitch ALBOM**
LES CINQ PERSONNES QUE J'AI RENCONTRÉES LÀ-HAUT

La fête foraine de Ruby Pier, le vieil Eddie y a passé sa vie. Comble de l'ironie, c'est là qu'il périt en sauvant une fillette... Arrivé dans l'au-delà, le défunt va faire cinq rencontres bouleversantes et déterminantes : Marguerite, son amour perdu, mais aussi son ancien capitaine d'infanterie, une vieille femme aux cheveux blancs, un mystérieux homme bleu et une toute jeune Asiatique détenant, entre ses doigts brûlés, le secret d'Eddie et de sa destinée...

Composé par Nord Compo
à Villeneuve-d'Ascq (Nord)

Imprimé en Espagne par
Black Print CPI Iberica
à Barcelone
en février 2014

POCKET – 12, avenue d'Italie – 75627 Paris cedex 13

Dépôt légal : mars 2014
S24311/01